Zirkus

Zirkus

Jan Trouw

www.jantrouw.de
Instagram: @jantrouw.writer

Bibliografische Information der Deutschen Nationalbibliothek: Die Deutsche Nationalbibliothek verzeich-
net diese Publikation in der Deutschen Nationalbibli-
ografie; detaillierte bibliografische Daten sind im Internet über dnb.dnb.de abrufbar.

@ 2023 Jan Trouw
Herstellung und Verlag:
BoD – Books on Demand, Norderstedt

ISBN: 978-3-7519-6781-5

Hurra, hurra,
der Zirkus ist da,
kommt her und
sagt allen Bescheid.

-Jan Trouw-

Randolph & Mortimer

Beim Erklingen der fröhlichen Zirkusmusik denkt man an lustige Clowns. An Elefanten, die Männchen machen. An Akrobaten, die in schwindelerregender Höhe durch die Lüfte fliegen. An Schlangenmenschen, die sich verbiegen, verknoten und in kleine Kisten quetschen. An Tiger, die durch brennende Ringe springen. An einen Magier, der seine Assistentin in drei Teile sägt. Und an einen gut gelaunten Zirkusdirektor.

Jene Zirkusmusik ertönte heute Mitternacht in den Straßen von Downtown Los Angeles. Sie war mehrere Blocks weit zu hören und näherte sich dem Pershing Square. Ein öffentlicher Park inmitten der Hochhausschluchten, der wie ein Betonspielplatz für Erwachsene wirkte, oder wie das Freiluftkunstwerk eines drogenabhängigen Künstlers.

„Hörst du das?", fragte Randolph, der auf der Parkbank saß und versuchte, die Musik zu orten. Bei ihrem Erklingen hatte er das Bier von den Lippen genommen und ein zerknittertes Foto aus seiner abgenutzten Jacke hervorgeholt. Von sich als kleiner Junge, zusammen mit seinen Eltern, als die Welt noch in Ordnung war. Zumindest ließ die Momentaufnahme dies vermuten.

„Was soll ich hören?", erwiderte Mortimer, der sich zwischen den Palmen erleichterte. Der Alkohol drückte auf seine Blase. Sein Mitstreiter und er hatten über den Tag so einige Flaschen leer getrunken. Es war der hauptsächliche Zeitvertreib der beiden Männer, die auf der Straße lebten. Mortimer war sozusagen Randolphs neue Familie.

„Na, die wunderbare Zirkusmusik", sagte Randolph verwundert und stellte die Bierflasche neben dem verschmutzten Schlafsack und seinem wenigen Hab und Gut ab, das er noch besaß.

„Welche Zirkusmusik? Bist du schon so besoffen?", rief Mortimer zurück. Seine Blase wollte sich einfach nicht leeren. „Ich höre nichts. Rein gar nichts!"

„Ich schon, aber die Bäume und Büsche versperren mir die Sicht. Ich bin gleich wieder da."

Zugegeben, Randolph war angetrunken, aber er war sich sicher, noch zu wissen, was real war, und was Einbildung.

„Dann warte bitte so lange, bis ich mit dem Pinkeln fertig bin, sonst passt niemand auf unsere Sachen auf. Jemand könnte es klauen. Und wenn die Cops dich an den Treppenstufen sehen, schmeißen die uns vom Platz. Dann müssen wir uns einen neuen Schlafplatz suchen!"

Überall an den Parkeingängen hingen Hinweisschilder, die einem sagten, dass man dort keinen Alkohol trinken durfte. Das Kampieren, das Zumüllen und Hunde ohne Leine waren ebenfalls untersagt. Das hinderte die Obdachlosen jedoch nicht daran, dort regelmäßig zu übernachten. Wo sollten sie sonst auch hin? Sie waren nirgendwo erwünscht. Und solange sie keinen Ärger machten, und sich niemand über sie beschwerte, schauten die Cops meist weg. Auf dem Pershing Square saßen die Obdachlosen wie in einer Quarantänezone zusammen, und die Menschen konnten den Park umgehen.

„Randolph?"

Stille.

„Randolph!? Verflucht! Der ist schlimmer als ein kleines Kind! Hier wird keine Musik gespielt. Die hört er doch nur in seinem Kopf. Das kommt vom Alkohol", fluchte Mortimer und presste den restlichen Urin aus sich heraus. Er wollte schnellstmöglich zu den unbeaufsichtigten Sachen zurückkehren. Auch wenn Obdachlose vermeintlich nichts Kostbares besaßen, in deren Augen konnte eine abgewrackte Jacke, eine löchrige Decke oder ein stumpfes Messer wertvoll sein.

Als Mortimer sein bestes Stück in die Hose mit zerfleddertem Bund einpackte, war sein *kleiner Freund* noch nicht ganz fertig, und ein paar Tropfen fielen in die Buxe.

So ein Mist.

Randolph erreichte indes die Kreuzung South Hill und 6th Street und horchte in die Richtung, aus der er die Zirkusmusik vernahm. Sie schien nur wenige Meter entfernt zu sein. In wenigen Sekunden würde er ihre Quelle erblicken.

Und dann war es so weit. Sehr zur Freude von Randolph. Seine Augen funkelten wie die eines Kleinkindes.

Die Musik ertönte aus den Boxen eines Werbetrucks, auf dessen Ladefläche ein über zwei Meter hoher, beidseitig plakatierter Werbeträger stand. Die Plakate zeigten zu den Bürgersteigen, um die Aufmerksamkeit der dort wandelnden Seelen zu erreichen und diese zu einem Zirkusbesuch zu bewegen. Ein Tiger und ein Löwe waren darauf abgebildet, und so lebensecht, dass man glaubte, sie seien von einer Fotokamera lebendig eingefangen worden.

Der Werbetruck, dessen dunkelgetönten Scheiben einen Einblick in das Führerhaus verwehrten, blieb neben dem Obdachlosen stehen. Der Truck schien nur für Randolph zu halten, denn für das Fahrzeug gab es keinen Grund, zu stoppen. Die Ampeln waren abgeschaltet, und die Straßenkreuzung leer.

Randolph klatschte mit den Händen. Sein offener Mund ließ Laute der Freude entweichen. Dass er sich zu diesem Zeitpunkt allein auf der Straße befand, dass weder Mensch noch vorbeifahrende Fahrzeuge zugegen waren, bemerkte er nicht. Er schwelgte in den schönsten Erinnerungen aus seiner eher traurigen Kindheit. Als Kind hatte er beide Eltern verloren, seine Mutter an einer Überdosis Heroin, seinen Vater an einer Leberzirrhose. Aber der Zirkusbesuch mit seinem Betreuer und den anderen Kindern aus dem Kinderheim war das Beste, was ihm in seinem trostlosen Leben widerfahren war.

Die Menschen vom Zirkus waren immer so fröhlich. Sie grinsten und sie lachten. Das Leben in der Manege schien die pure Lebensfreude zu sein. Lustige Clowns, hübsche Artisten und glückliche Tiere. Wie Seelöwen etwa, die auf ihren Nasen große Bälle balancierten. Und dann diese fröhliche Musik. Was für ein Spaß. Was für eine wunderbare heile Welt, in der er zu gern gelebt hätte. Stattdessen ging es nach der Vorstellung zurück ins Kinderheim. Es folgten ein vorzeitiger Schulabbruch, eine frühe Alkoholabhängigkeit und eine verkorkste Ehe. Am Ende landete er auf der Straße.

Jetzt war es wieder soweit. Das Plakat auf dem Werbetruck sagte ihm, dass ein Zirkus in die Stadt kam. Man versprach ihm *Die größte Show auf Erden*.

Randolph malte sich aus, wie er am Rande der Manege saß und die Show genoss, wie damals als Kind. Doch dann holte ihn der Blick des Tigers ins Hier und Jetzt zurück. Für einen Moment dachte er, das Tier starre ihn an.

Bestimmt nur eine optische Täuschung. Ein Trick der Werbe-

macher, dachte er.

Um seine Theorie zu untermauern, ging er so nahe heran, bis seine Nasenspitze das Plakat berührte. Die Zirkusmusik schallte aus den Boxen und brachte sein Trommelfell fast zum Platzen, sein Herz sprang aus dem eigenen Rhythmus, und dennoch glaubte er, ein tiefes Fauchen vernommen zu haben. Vorsichtshalber, um sein Glück nicht herauszufordern, entfernte er sich einen Schritt vom Werbetruck, seine Augen weit geöffnet.

Wieder ein Fauchen.

Jetzt lauter.

Und als Randolph glaubte, den warmen Atem der Raubkatze zu spüren, löste sich der Kopf des Tigers vom Plakat. Eine Pfote schlug nach ihm, er konnte gerade noch ausweichen. Bei seinem besoffenen Zustand kam dies einem Wunder gleich, aber die aufkommende Angst hatte den Alkoholpegel derartig schnell gesenkt, dass seine Reflexe zu solch einer Reaktion in der Lage gewesen waren.

Das ist nicht real!

Das ist der Alkohol.

Die Augen auf das Tier gerichtet, kehrte Randolph in einer langsamen Rückwärtsbewegung zu den Treppenstufen zurück, über die er zuvor freudestrahlend hinuntergeeilt war und Mortimer beim Pinkeln allein gelassen hatte. Doch nun regierte in ihm die Furcht. Seine Unterhose füllte sich mit Urin.

Die Großkatze sprang aus dem Plakat und folgte ihm.

Randolph fragte sich, ob noch jemand den Tiger sah. Das Tier war nicht zu übersehen. Er blickte nach links, er blickte nach rechts, aber er war allein. Ganz allein. Keine vorbeifahrenden Fahrzeuge. Keine Menschen. Niemand, der sich am Rande des Pershing Square aufhielt. Für eine Millionenmetropole wie Los Angeles sehr ungewöhnlich. Genauso ungewöhnlich, wie das gegenwärtige Ereignis vor ihm.

Er stolperte über die erste Treppenstufe und landete mit dem Hintern auf dem Boden, doch von Schmerzen keine Spur. Der Adrenalinspiegel war zu hoch.

„HILFE! HILFE! MORTIMER! HILFE! HIER IST EIN TIGER!", schrie er, aber Mortimer schwieg. Und auch niemand sonst ließ sich blicken. Niemand kam, um ihn zu retten.

Mortimer, wo bist du?

Der Tiger ging auf Randolph zu und blieb zwischen dessen Füßen stehen. Das Tier brüllte und fauchte.

Ruhig bleiben.

Bloß keine schnellen Bewegungen.

„Verschwinde, geh weg, bitte!", flehte Randolph, doch die Raubkatze dachte nicht daran, wegzugehen. Sie drückte ihre Vordertatzen auf seinen Brustkorb. Ihre Zähne kamen seinem Gesicht bedrohlich nah.

„HIIILLLFEEE!", schrie Randolph.

Ein höllischer Schmerz in seiner Brust. Die Krallen arbeiteten sich tief in seinen Körper hinein und wühlten sich durch die Eingeweide. Bevor der Tiger mit einem tödlichen Biss seinen Hals durchbohrte, brach Randolph bewusstlos zusammen.

■

„Randolph?!"

Nachdem er die Palmen mit seinem bierhaltigen Urin gedüngt hatte, war Mortimer zur Parkbank zurückgeeilt. Ihr

Hab und Gut war noch da, Randolph fehlte.

Dieser leichtsinnige Schwachkopf. Jetzt ist er tatsächlich der Musik in seinem Kopf gefolgt.

Dann hörte er seinen Kumpel schreien: „HILFE! HILFE! MORTIMER! HILFE! HIER IST EIN TIGER!"

Dem Geschrei folgend, entdeckte er ihn regungslos auf der untersten Treppenstufe. Passanten eilten heran. Jeder wollte wissen, was passiert war, aber niemand fasste den leblos liegenden Mann von der Straße an.

Mortimer kniete sich zu Randolph hinunter und prüfte dessen Puls; dieser war niedrig und schwach. Instinktiv begann er mit der Ersten Hilfe.

Hat er eine Alkoholvergiftung?

Ist es sein Herz?

„Komm schon Junge, atme!"

Mortimer drückte seine Hände auf Randolphs Brustkorb.

„Rufen Sie einen Rettungswagen, bitte!", flehte er die Leute um sich herum an, doch die Schaulustigen zückten ihre Smartphones nur, um das Ganze zu filmen oder zu fotografieren und die Aufnahmen in den sozialen Netzwerken zu teilen. Niemand tätigte den Notruf.

„Atme, Randolph, atme!"

Dann erblickte er einen herannahenden Streifenwagen, rannte auf diesen zu und wäre fast auf die Motorhaube gefallen, wenn das Vehikel nicht abrupt gestoppt hätte.

Der Officer wollte den Penner wegen dessen Kamikazeaktion anpflaumen, er hatte das Fenster dafür bereits heruntergefahren, aber als er den anderen Obdachlosen an den Treppenstufen liegen sah, verpuffte der Ärger. Stattdessen rief er sein verinnerlichtes Handlungsprotokoll ab. Er aktivierte das Warnlicht und die Einsatzleuchten, während sein

Kollege über die Zentrale einen Krankenwagen anforderte. Dann gingen sie zu Randolph. Mit Handschuhen, die sie eigens dafür anzogen, untersuchten sie den Mann.

Tot.

Definitiv tot.

Dies bestätigten auch die später eintreffenden Sanitäter. Es gab keine äußeren Hinweise, die auf die Todesursache schließen ließen. Erst die folgende Obduktion ergab die Diagnose *Herzversagen*. Niemand ahnte oder wusste, dass der tote Obdachlose von einem Tiger angegriffen und getötet worden war. Randolphs Leichnam hatte weder eine Bisswunde am Hals, noch irgendwelche Kratzspuren von einer Raubkatze auf dem Brustkorb. Der Körper zeigte keine Spuren eines Angriffs. Nur Randolph allein wusste, wer ihn umgebracht hatte, aber er konnte es niemandem mehr sagen.

Hereinspaziert

Hereinspaziert, hereinspaziert.

Treten Sie näher.

Erleben Sie *Die größte Show auf Erden*. Ein buntes und abwechslungsreiches Programm erwartet Sie. Ein Feuerwerk der Sinne. Fantastische Tierdressuren und einzigartige Darbietungen unserer Artisten. Lassen Sie sich von der Wahrsagerin Madame Madusa Ihre Zukunft vorhersagen. Bewundern Sie die Illusionen und Magie des großen Rossini. Staunen Sie über Rufus, den stärksten Mann des Universums. Und erleben Sie, wie die Schlangenfrau Mai-Lin ihre Körperteile in jede beliebige Richtung verbiegt.

Oder wollen Sie lieber lachen? Dann werden Sie von den lustigen Clowns Bill und Phil total begeistert sein.

Das besondere Highlight unserer Show jedoch sind Sie.

Ja, Sie haben richtig gehört.

In jeder Show wird einer von Ihnen, liebe Zirkusbesucher und -besucherinnen, als Special Guest eingeladen. Der oder die Auserwählte bekommt in der Manege ein ganz besonderes Erlebnis serviert. Danach wird nichts mehr so sein wie zuvor.

Glauben Sie mir.

Wenn ich Sie also auf der Straße anspreche und als Special Guest einlade, so lehnen Sie nicht ab. Das wäre doch zu schade. Sie würden es bereuen.

Hereinspaziert, hereinspaziert.

Treten Sie näher.

Erleben Sie *Die größte Show auf Erden*.

Wenn Sie mein Zelt nicht freudestrahlend betreten, so werden Sie es freudestrahlend verlassen.

Versprochen.

Die Ankunft

Hurra, hurra, der Zirkus ist da,
kommt her und sagt allen Bescheid.

Bereits Tage zuvor hatten die Plakate die Ankunft des Zirkus angekündigt, doch Zirkusdirektor Ron Simon wusste, dass er die Aufmerksamkeit seiner potentiellen Besucher nicht durch das bloße Aufhängen von passiven Werbemitteln gewann. Oh, nein! Deshalb fuhr seit Tagen zusätzlich ein Werbetruck mit einem doppelseitigen Plakat auf der Ladefläche durch Los Angeles und beschallte die Straßen mit Zirkusmusik. Aber auch das reichte ihm nicht, denn der Zirkusdirektor war ein Genie in Sachen Aufmerksamkeitsgewinnung. So war auch der Ort, an dem der Zirkus gastieren sollte, nicht zufällig gewählt (*Sie werden noch erfahren, um welchen Ort es sich handelt*). Was für ein Geniestreich seinerseits. Und der Weg dorthin diente ebenfalls dazu, die Aufmerksamkeit der auf den Straßen wandelnden Seelen zu gewinnen.

Der Zirkus erreichte gegen Mittag die Union Station, wo die Zirkuswagen sodann von den flachen Zugwaggons rollten und den heißen Asphalt von Los Angeles unter den Rädern zu spüren bekamen. Für die bevorstehende Fahrt wurden die Seitenverkleidungen der Tierwagen hochgeklappt, damit die Passanten die Tiere von allen Seiten bestaunen konnten.

Wie lang der Konvoi letztendlich war, wusste Ron Simon nicht. Für ihn kam es auf den Inhalt an, denn, um *Die größte*

Show auf Erden zu sein, bedurfte es eben viel. Es waren unzählige Wagen. Quasi ein Zoo auf Rädern. Wie einst auf der Arche Noah hatte der Zirkusdirektor etliche Tierarten dabei: Tiger, Löwen, Affen, Elefanten, Kamele, Papageien, Kalifornische Seelöwen, Mustangs, Zebras, Lamas, Kängurus, Hausschweine, Nashörner, Nilpferde, einen Strauß, einen Gorilla, und, und, und; und darüber hinaus noch einige Tiere mehr. Und dann waren da noch – neben der attraktiven Assistentin Shauna – die Clowns Bill und Phil, die Wahrsagerin Madame Madusa, der große Magier und Illusionist Rossini, den nichts erschütternden Kampfkoloss Rufus, die Schlangenfrau Mai-Lin, die akrobatischen Zwillingsbrüder Wraight sowie weitere Artisten, Akrobaten, Jongleure und Helfer, die den Zirkus in Gang hielten.

Zirkusdirektor Ron Simon war gekleidet, wie man sich einen Zirkusdirektor vorstellte: schwarzer Zylinder, gestylter Bart, roter Frack mit goldenen Knöpfen und Kordeln, eine schwarze Hose und die dazu passenden Stiefel. Und er hatte einen Stock bei sich, mit einer leeren Glaskugel als Knauf am oberen Ende, die wie ein Gefäß aussah. Der Zirkusdirektor stand auf der Ladefläche eines Pick-up-Trucks, an der Spitze des Konvois.

Obwohl noch nicht alle Zirkuswagen vom Zug gerollt waren, musste sich die Kolonne allmählich in Bewegung setzen, denn auf der Rampe hatte sich ein Stau gebildet. Und kaum war dieser aufgelöst, folgten die Nächsten. Ron Simons Zirkus brachte den Verkehr in Los Angeles zum Erliegen. Dabei litt Los Angeles auch so schon unter den niemals endenden Verstopfungen. Als Pendler verbrachte man sehr viel Zeit auf dem Asphalt, der Verkehr kroch generell nur sehr langsam voran; und nun das.

Die Entfernung zwischen der Union Station und dem Ziel betrug gerade einmal zwei Meilen, doch auf der kürzesten Strecke gab es nicht genügend Passanten. Also beschloss Ron Simon, eine Parade daraus zu machen und legte einen kleinen Umweg ein. Er hatte alle Zeit der Welt.

Es ging nach Downtown. Um die Mittagszeit war dort entsprechend viel los. Ideal, um allen zu sagen, dass der Zirkus in der Stadt war.

Hurra, hurra, der Zirkus ist da,
kommt her und sagt allen Bescheid.

Und in der Tat, es zog sämtliche Leute an die zahlreichen Fenster der Bürogebäude und Wolkenkratzer. Andere verließen die Cafés und Läden, um zu begreifen, was sie soeben sahen.

Zwei Artisten mit vogelartigen Pestarztmasken und schwarzen Vogelfedern am Körper stolzierten auf Riesenstelzen. Langsam. Stets darauf bedacht, auf niemanden unter sich zu treten.

Der Feuerspucker nahm einen Schluck Brandmittel aus der Flasche, behielt die Flüssigkeit kurz im Mundraum und spie diese dann in kleinen Portionen gegen die brennenden Fackeln. Gewaltige Flammen schossen empor; und die Passanten jubelten.

Die beiden Clowns Bill und Phil, mit ihren roten Nasen und überdimensionalen Schuhen, flitzten ziellos auf und ab. Sie trieben Schabernack mit den Schaulustigen am Straßenrand, oder mit sich selbst, und übersahen dabei fast die rabenartigen, auf Riesenstelzen wandelnden Gestalten.

Auf der offenen Ladefläche eines Trucks machte die asiatische Schlangenfrau Mai-Lin Verrenkungen und Verbiegungen, die nicht einmal beim Yoga oder Kamasutra möglich waren.

Rufus wirbelte mit einer Langhantel herum, an deren beiden Enden die schwersten Gewichte der Welt hingen. Natürlich mit nur einer Hand.

Rossini führte den Schaulustigen am Straßenrand kleine Zauberstücke vor. Besonders die Kinder waren fasziniert.

Die Elefanten, Kamele, Zebras und der Strauß liefen wie von Zauberhand brav an der Seite ihrer Trainer. Die Schimpansen, Nashörner und der Gorilla blieben hingegen in ihren Zirkuswagen. Man wollte bei diesen Dickköpfen kein Risiko eingehen.

Die Menschenmasse wuchs. Die Bürgersteige waren in kürzester Zeit überfüllt. Es war wie bei den berühmten Paraden, die man aus vergangenen Zeiten kannte, wenn Präsidenten oder Astronauten bei wildem Konfettiregen durch Hochhausschluchten chauffiert und begeistert empfangen wurden. Doch Ron Simon war kein Präsident, und auch kein Astronaut. Niemand in Los Angeles hatte mit solch einer Parade gerechnet, denn sie war nicht angemeldet.

Die Leute zeigten auf den Konvoi und holten ihre Smartphones hervor, schossen Bilder und luden sie mit einem Kommentar in ihren Social-Network-Profilen hoch.

Die Nachricht verbreitete sich wie ein Lauffeuer. Da verwunderte es nicht, dass die Medien dieses Phänomen unverzüglich als Breaking News in ihre laufenden Sendungen schalteten oder über Banner am unteren Bildschirmrand einblendeten. Die ersten Übertragungswagen der Sender tauchten auf, und schon bald kreisten zwei Helikopter am Himmel. Ein Helikopter des größten Fernsehsenders der

Stadt und ein Hubschrauber des Los Angeles Police Departments.

Auch April Harbor und Peter Nathan, zwei junge Studenten und Blogger der Animal Rights Association, kurz *ARA*, die die Haltung von Tieren in Gefangenschaft bekämpften, stießen durch Zufall auf die Parade. Während der korpulente Peter die Menschentraube behutsam und mit Bedacht passierte, um mit der Kamera an die gewünschten Motive zu gelangen (und weil er wegen seiner mangelnden Kondition schnell außer Atem geriet), war April Harbor weniger zimperlich. Die schlanke Frau, deren roten Haare zu einem Pferdeschwanz gebunden waren, huschte durch die Menge und zwischen den Zirkuswagen umher, um so nah wie möglich an ihre Motive heranzukommen. Teilweise bis in die Reichweite der Klauen und Pfoten der Tiere, die weder aggressiv noch gestresst waren; was April wunderte. Zugegeben, die Tiere waren ein lautes Publikum im Zelt gewohnt, aber die gegenwärtige Parade durch Downtown war der reinste Hexenkessel.

Weitere Motive von April waren die menschlichen Attraktionen des Zirkus, die vor und auf den Wagen mit den Passanten flirteten und ihnen zuwinkten.

Shauna, die ihren Auftritt in der Menge genoss, lächelte und posierte für Aprils Kamera. Bill schnitt diverse Grimassen, und Phil drückte seine rote Nase gegen das Objektiv. Der elegant gekleidete Magier und Illusionist, der große Rossini, lächelte, als er die rothaarige Fotografin entdeckte. Er zauberte aus seinem Zylinder eine Rose hervor und überreichte sie ihr. Die jungen Zwillingsbrüder Wraight, die mit ihren 1990er-Boyband-Frisuren und den hautengen Sportoutfits wie Elitestudenten aussahen, umgarnten April. Sie nahmen sie in die Mitte und hoben sie hoch, um sie dann auf die jeweils eigene innere Schulter abzusetzen. Von dort aus knipste April sodann unaufhörlich viele Fotos, ehe die beiden Turner sie wieder sicher und unbeschadet hinunterließen.

Die Wahrsagerin Madame Madusa hielt eine Glaskugel in der Hand. Der lilafarbene Nebel darin wanderte schwerfällig umher. Als sie April auf sich zukommen sah, glitt sie mit ihrer Hand über die Kugel, und kleine Blitze zuckten darin auf.

Nur ein Akteur knurrte: Rufus. Dem Kampfkoloss und stärksten Mann des Universums, mit seinem gepflegten, nach oben gezwirbeltem Oberlippenbart, schmeckte die Parade überhaupt nicht. Und jetzt auch noch diese junge Rothaarige, die wild herumtanzte und Bilder von ihm knipste. April realisierte dies ziemlich schnell und suchte sich sodann ein anderes Motiv, obwohl sie sein gestreiftes Outfit, ähnlich dem eines Ringers, mit herausprießender Brustbehaarung amüsant fand.

Sie war so mit dem Fotoschießen beschäftigt, dass sie Peter verlor. Für solch einen Fall, der aufgrund Aprils ungestümen Art regelmäßig eintrat, hatten beide die Absprache getroffen, sich später in Peters Wohnung zu treffen. Dort würden sie das gewonnene Material sichten und in ihrem gemeinsamen Blog veröffentlichen.

Hurra, hurra, der Zirkus ist da,
kommt her und sagt allen Bescheid.

Die ersten Sirenen von herannahenden Polizeiwagen waren zu hören. Der Zirkusdirektor wusste, dass das passieren würde, er hatte die Polizei mit einkalkuliert, sie kam jedoch schneller als erwartet. Er hätte gern noch einen Schwenk zum Walk of Fame gemacht, wo die Hollywood Stars ihre Sterne in den Boden versenkten, aber nun ja, er hatte, was er wollte. Er hatte die gewünschte Aufmerksamkeit erhalten.

Die Sirenen waren nur noch einen Block entfernt. Ron Simon klopfte mit dem Stock auf das Dach des Pick-up-Trucks, und der Konvoi stoppte. Gelassen erwartete er die Ankunft der Streifenwagen.

Hallo, Officer!

„Sind Sie für diesen Zirkus hier verantwortlich?", fragte der Officer, nachdem er aus seinem Streifenwagen ausgestiegen war.

„Selbstverständlich, Officer", entgegnete Ron Simon vom Pick-up-Truck herab. Er grinste über das ganze Gesicht. Als ob er nach einem Zahnarztbesuch voller Stolz seine weiße Zahnpracht präsentierte. Er scannte das Namensschild seines Gegenübers. „Officer Jones. Schön, dass Sie zu uns stoßen."

„Ihre Parade ist nicht angemeldet!"

„Ich bin sehr spontan, wissen Sie? Und Sie sehen ja, es bereitet vielen Menschen Freude. Ich finde, darauf kommt es an."

„Sie verstoßen gegen sämtliche Vorschriften und Gesetze. Sie blockieren den Verkehr und sorgen für Unruhe und Aufruhr."

„Ist jemand zu Schaden gekommen? Oder gestorben?"

Officer Jones schaute irritiert, rang nach Fassung. Und als er diese wiedergefunden hatte, trat er näher an den Zirkusdirektor heran. „Wo wollen Sie eigentlich hin?"

„Dorthin", sagte Ron Simon und zeigte dem Officer einen Behördenbescheid. „Dort werden wir unser Zelt aufschlagen. Offiziell genehmigt von der Stadt Los Angeles. Und hier die Genehmigung vom Besitzer des Grundstücks."

Beim Anblick der Adresse verstummte Officer Jones, er musste sich ein weiteres Mal sammeln. Er dachte zunächst an einen Scherz, doch ihm war nicht zum Lachen zumute.

Ohne Zweifel, der Bescheid wurde von der zuständigen Behörde ordnungsgemäß ausgestellt.

„Wir eskortieren Sie direkt dorthin. Den Einsatz werden wir Ihnen natürlich in Rechnung stellen, Sir!"

„Gewiss, Officer. Sie tun nur Ihre Pflicht."

Dem breit grinsenden Zirkusdirektor war bewusst, dass die spontane Parade nicht günstig werden würde, aber in seinen Augen war sie notwendig. Die Parade diente der Aufmerksamkeitsgewinnung. Und er hatte keine finanziellen Sorgen. Er musste seinen Zirkus an keinen Megakonzern verkaufen, oder zahlungsstarke Sponsoren aufsuchen, die ihn finanziell unterstützten. Er teilte nicht die Schicksale anderer Zirkusse. Wie etwa der Zirkus Dreams-of-Art, der zusätzlich den Namen eines weltberühmten Nassrasierherstellers trug, oder der Zirkus Grandissimo, über dessen Zelt das Logo eines deutschen Automobilherstellers thronte. So etwas würde Ron Simon nie im Leben zulassen. Der Zirkus war sein Baby. Er wollte keine monetären Hilfen von außen, damit irgendwelche Gönner Mitspracherecht bekamen. Er konnte seine Kosten allein durch die Erlöse der Shows und den Nebenattraktionen rund um das Zelt decken.

Die Konkurrenz war hart (das Fernsehen, YouTube, das Kino, Online-Streaming-Dienste, Konzerte, Sportveranstaltungen, soziale Netzwerke, etc.), aber noch war er unbesorgt. Bisher hatte er für jedes Problem eine Lösung gefunden.

Auch die Proteste gegen die Tierhaltung in Zirkussen nahm er gelassen. Während viele Zirkusse dem Druck der Tierschützer nachgegeben und die Tiere aus ihren Programmen genommen hatten, unterhielt Ron Simon weiterhin einen ganzen Zoo. Solange die Zuschauer in seinen Zirkus rannten, war für ihn alles in Ordnung. Und was wäre *Die größte Show auf Erden* für eine Show ohne die zahlreichen Tiere?

Hurra, hurra, der Zirkus ist da,
kommt her und sagt allen Bescheid.

Der Konvoi setzte sich wieder in Bewegung; und dieses Mal gab die Polizei den Takt … äh … die Fahrtroute vor. Das störte den Zirkusdirektor jedoch nicht. Hauptsache, seine Werbetour ging weiter, und es waren noch ein paar Meilen bis zum Zielort. Bis dorthin sollte dem Zirkus die volle Aufmerksamkeit der Passanten und die der Zuschauer vor den Fernsehbildschirmen gewiss sein. Sein Zirkus würde definitiv in den Abendnachrichten und in den Zeitungsausgaben am nächsten Morgen erwähnt werden.

Ron Simon lächelte und winkte den Schaulustigen zu. Diese lächelten zurück, und er lächelte umso breiter.

Ihr gebildeten Tiere, ihr seid so naiv. Wenn ihr nur wüsstet, ihr verlorenen Seelen.

Er scannte die Menschenmenge. Er war auf der Suche nach einer geeigneten Person, die er als VIP für die Eröffnungsshow einladen konnte. Als seinen Special Guest. Es musste jemand sein, für den die Einladung eine besondere Ehre und Freude sein würde. Eine deprimierte Seele. Doch davon gab es in Los Angeles so viele.

Dann sah er sie. Eine Frau Mitte dreißig, in einem Kleid mit Blumenmuster. Sie war abgemagert, hatte splissiges Haar und Blässe im Gesicht. Sie wirkte seelisch ramponiert, doch beim Anblick der Zirkusparade leuchteten ihre Augen.

Kindheitserinnerungen.

Perfekt, dachte Ron Simon und sprang mit einer Leichtigkeit vom Pick-up-Truck herunter, der Schrittgeschwindigkeit fuhr. Der Fahrer bemerkte seinen *Verlust* und stoppte. Dies realisierten wiederum die vorausfahrenden Streifenwagen, und der ganze Konvoi kam zum Stehen.

Officer Jones blickte in den Rückspiegel und sah den Zirkusdirektor auf die Dame im Kleid zugehen.

„Hallo, meine Schöne", sagte Ron Simon mit hypnotischer Stimme. „Wie heißen Sie?"

„Sue." Die Wangen der Frau erröteten.

„Sue", wiederholte er, als ob er den Namen, und damit die Seele der Frau, in sich aufsog. Die Glaskugel am oberen Ende seines Stocks leuchtete kurz auf. „Passt zu Ihnen", sagte er und schaute ihr liebevoll in die Augen. Seine Stimme hallte nun ein wenig.

„Danke, Mr.?" Sues Knie wurden weich. Sie sackte fast zusammen.

„Mein Name ist Ron Simon, meine Teuerste." Er machte eine Verbeugung, küsste ihren Handrücken und schaute wieder auf. „Darf ich Sie zu meiner Eröffnungsshow einladen? Als meinen Special Guest?"

„Ich … ich weiß nicht."

„Ich würde mich sehr darüber freuen. Sie werden es nicht bereuen." Er legte wieder sein charmantes Zahnpastalächeln auf.

„Aber ich …"

„Kein aber", sagte er mit hypnotischer Stimme, und Sue kicherte. Sie nickte wild mit dem Kopf, als ob man ihr soeben einen Heiratsantrag gemacht hätte. „Ja, ich will."

„Sehr schön." Ron Simon drückte ihr eine Visitenkarte in

die Hand. „Bis dann."

„Bis dann", sagte Sue in Trance und steckte die Visitenkarte in ihre Handtasche. Er hatte sie in seinen Bann gezogen.

Die anwesenden Passanten hatten die Unterhaltung zwischen Ron Simon und ihr nicht vernommen, sondern nur, wie der Zirkusdirektor sich vor ihr verbeugt und ihren Handrücken geküsst hatte. Doch für Sue war alles real; für sie war alles so geschehen, wie sie es wahrgenommen hatte. Sie lächelte die Menschen um sich herum an und erhielt mehrere Lächeln zurück. Und während sie zwischen den Wolken schwebte, zog der Konvoi weiter.

Ron Simon war sehr zufrieden. Jetzt konnte er getrost am Zielort ankommen. Alles, was er sich vorgenommen hatte, war eingetreten.

Die Streifenwagen führten den Zirkus über den Sunset Boulevard und die Vin Scully Avenue. Das Ziel des Konvois war ein gigantischer Parkplatz, der das Baseballstadion der Los Angeles Dodgers ummantelte. Das gesamte Gebilde hatte etwas Kraterartiges an sich. Als ob ein Meteorit dort eingeschlagen hätte, und das Stadion aus dem Einschlagsloch entsprungen war. Die Arena wurde gegenwärtig nicht genutzt. Vom fünften bis zum achten Juli hatten die Dodgers ein paar Auswärtsspiele in Phoenix, sie mussten gegen die Arizona Diamondbacks antreten. Danach stand am zehnten Juli das All-Star-Game in Kansas City, Missouri, auf dem Programm. Zeit genug also, um hier einen Zirkus gastieren zu lassen.

Der Teambesitzer der Dodgers hatte nichts dagegen, verlangte aber eine Aufwandsentschädigung. Und Ron Simon kannte keine Geldprobleme. Der Effekt war wichtig, nicht der Preis.

Kurz nach der Ankunft waren die Polizeiwagen verschwunden, und die Helikopter davongeflogen. Niemanden interessierte es, wie die Zirkuscrew das Zelt aufbaute, die Tiergehege errichtete und die mobilen Quartiere bezog.

Peters Apartment

Nachdem April mal wieder fotografieversunken in der Menschenmenge verschwunden war, war Peter ohne sie in seine Wohnung zurückgekehrt.

Seiner Meinung nach sollten Tiere nicht in Gefangenschaft leben. Weder in einem Zirkus noch in Zoos. Letztere waren der Schwerpunkt ihrer selbstgegründeten Animal Rights Association (ARA). Für April und ihn dienten die Zoos rein der menschlichen Unterhaltung. Damit die Menschen sich gut fühlten, wenn sie an den Gehegen vorbeigingen und die Tiere hinter den Gittern bestaunten. Wären die Zoos auf die Bedürfnisse der Tiere ausgelegt, würde man diesen mehr Raum einräumen, statt ein fünftes Restaurant zu eröffnen; oder den siebten Souvenirshop. Zudem wurden manche Tiere in eine für sie untypische Klimazone gehalten. Das wäre so, als ob man einen Menschen in einen Pelzmantel stecken und in einer Sauna zur Schau stellen würde; oder nackt in einer Kühlkammer.

Die Zoos begründeten es damit, dass die Tiere nicht mehr in der Wildnis eingefangen und verschifft wurden, wie damals in den Anfängen, sondern direkt in den Tierparks auf die Welt kamen. Die Tiere würden es nichts anders kennen. Zudem würden die Zuchtprogramme der Zoos bedrohte Tierarten vor dem Aussterben bewahren.

Peter und April würden den einen oder anderen Zoo zugestehen, vorausgesetzt, die Tiere hätten angemessene Areale; auch wenn diese nie an die freie Wildbahn herankämen. Ihnen wäre es lieber, das Geld in lokale Projekte zu investieren, wo die betroffenen Tiere lebten und dem Tierschutz zugutekamen; etwa in die Entstehung und Bewahrung von Naturschutzparks und Reservate, in Zucht- und Auswilderungsprogrammen sowie in Gesetze und deren Umsetzung.

Den Tieren in den Zirkussen erging es nicht besser. Freilebende Elefanten etwa liefen bis zu achtzig Kilometer am Tag. Im Zirkus standen sie den ganzen Tag fest auf einer Stelle, angekettet in einem Zwinger oder Zelt. Und ein- bis zweimal am Tag führten sie Kunststücke auf, die meist gegen die Natur des Tieres sprachen. Sie machten es, weil der Mensch es so wollte. Für die Zuschauer sah alles so friedlich und harmonisch aus, doch in Wahrheit kooperierten die Tiere nur, um Bestrafungen zu vermeiden. Wenn ein Tier nicht gehorchte, gab es schon mal die Peitsche, den Harken oder Elektroschocks.

Peter fuhr den Rechner hoch. Ein wahres High-Tech-Wunder im Vergleich zu den Möbeln, die im kleinen Ein-Zimmer-Appartement standen. Als Student musste er schauen, wie er über die Runden kam. Bei seinem Rechner machte er eine Ausnahme.

Er begutachtete das neue Bildmaterial und war zufrieden. April würde weitere gute Bilder mitbringen. Dann googelte er nach Informationen zum Zirkus.

Ein Schlüssel drehte sich im Schloss, und die Wohnungstür öffnete sich. April trat hinein. Peter und sie waren kein Paar, aber Peters Wohnung diente für ihre Organisation ARA als Zentrale, sodass er ihr einen Schlüssel gegeben hatte. Außerdem war es ihm lieber, dass sie bei ihm übernachten konnte, sofern sie wollte. April lebte in einem alten Wohnmobil ohne Klimaanlage und ohne fließendes Wasser. Sie hatte in Los Angeles keinen bezahlbaren Wohnraum gefunden; und sie war nicht allein davon betroffen. In Kalifornien gab es etwa fünfzigtausend Studenten, die obdachlos waren. Sie schliefen bei anderen Mitstudenten auf dem Sofa, in Autos, in Wohnwagen, in Zelten oder auf Bänken. Hinzu kam der Hunger.

Peter konnte sich dank der Unterstützung seiner Eltern die Ein-Zimmer-Wohnung mit Pantry-Küche leisten. Dieses Glück wollte er mit ihr teilen. Bei ihm konnte sie eine Dusche nehmen, den Rechner nutzen und gemeinsam mit ihm etwas kochen.

„Wie ich sehe, hast du bereits für unser Essen gesorgt", stellte April beim Anblick zweier Pizzakartons fest.

„Hoffe, sie sind noch warm", antwortete Peter, ohne April anzuschauen. Sein Blick galt den Ergebnissen, die Google ihm vorgab.

„Wird schon. Auf dich ist immer verlass."

Sie schnitt die Pizzen in handliche Stücke, stellte Peters Pizzakarton neben den Monitor und schmiss sich aufs Sofa eines schwedischen Herstellers. „Ich habe meine ganze SD-Karte voll", sagte sie, bevor der erste Bissen in ihrem Mund landete und sie kauend fortfuhr. „Zusammen mit deinen Bildern haben wir genügend zur Auswahl, denke ich."

„Der Zirkus ist unheimlich", sagte Peter und nahm jetzt auch ein Stück von seiner Pizza.

„Wie meinst du das?"

„Da gibt es neben der offiziellen Homepage einen Eintrag auf Wikipedia sowie Tausende von Followern auf Facebook, Twitter, Instagram und Co. Hinzu kommen noch die Nachrichten über die heutige Parade durch Downtown."

„Was soll daran so unheimlich sein?", fragte April.

Peter schluckte seine Mundladung herunter, ehe er antwortete. „Ich meine, wenn der Zirkus als *Die größte Show auf Erden* über den Globus reist, und wenn er so viele begeisterte Zuschauer vorzuweisen hat, wieso gibt es nicht mehr Quellen? Mehr Bildmaterial?"

„Wie meinst du das? Der Zirkus hat doch Follower in den sozialen Netzwerken. Ich kann dir nicht ganz folgen."

„Ja, jetzt, im Jahre 2012 hat der Zirkus ein Profil. Aber er hat keine Vergangenheit, abgesehen eines historischen Eintrags auf Wikipedia. Schau selbst." Peter erhob sich aus dem Schreibtischstuhl und lud April ein, sich selbst zu überzeugen.

April las die Nachrichtenbeiträge über die unangemeldete Zirkusparade in Downtown, die den Verkehr zum Erliegen gebracht hatte. Sie las Beiträge von den Augenzeugen auf Facebook und Twitter und betrachtete die Bilder auf Instagram. Es gab keine negativen Kritiken. Die Menschen, die der Parade beigewohnt hatten, waren ausnahmslos begeistert. Sie alle trugen ein Lächeln auf den Lippen.

Der Eintrag auf Wikipedia war eine Kopie der offiziellen Homepage des Zirkus. Der Zirkus schien auf eine jahrhundertelange Tradition zurückzublicken. Die Bilder zeigten, wie sich das Zelt, die Kostüme und die Manege vom neunzehnten Jahrhundert an bis in die Gegenwart gewandelt hatten. Nur der Zirkusdirektor sah genauso aus wie Mr. Ron Simon. Als sei dieser in den über einhundert Jahren nicht gealtert. Vermutlich waren auf den Bildern sein Urgroßvater und Vater zu sehen, in deren Fußstapfen er getreten war. Gesichter wurden ja durchaus weitervererbt.

Aber außerhalb dieser Beiträge gab es nichts. Keine Zeitungsberichte, keine Beiträge von Nachrichtensendern und keine Amateuraufnahmen von Familien, die ihr Familienleben unreflektiert mit der Onlinewelt teilten. Nicht einmal auf YouTube und Co. fand man etwas. In einer Zeit, in der jeder irgendeinen Mist hochlud und verbreitete, gab es keine Beiträge zu den Shows selbst. Als wenn es verboten sei, die Auftritte in der Manege zu filmen und zu fotografieren. Das kannte April von den Walt-Disney-Musicals.

Alle im Internet gefundenen Beiträge beschränkten sich allein auf die jüngsten Ereignisse in Los Angeles, seitdem der Zirkus wie ein Start-up-Unternehmen aus dem Nichts aufgetaucht war.

Warum hinterlässt dieser traditionelle Zirkus in der Medienlandschaft keine Spuren? Für die größte Show auf Erden ist das schon sehr kurios, dachte April. *Andere Zirkusse, die seit Jahrzehnten touren, können mehr aufzeigen.*

April starrte Peter erstaunt an. „Warum fällt das niemanden auf? Warum berichtet niemand darüber?"

„Gute Frage. Vielleicht bohren andere nicht so tief wie wir."

Peter hatte in der Zwischenzeit den Fernseher eingeschaltet und ließ diesen stumm im Hintergrund laufen.

„Schon andere Suchmaschinen ausprobiert?", fragte April.

Peter nickte. Er wusste, dass Google keine objektive Suchmaschine war. Sie bestimmte, welche Suchergebnisse zuerst angezeigt wurden. Alles hatte eben seinen Preis. Auch bei den Online-Suchmaschinen.

„Yahoo, BING, Ask.com, Fireball. Alle spucken ähnliche Resultate aus."

Er blickte auf den stummen Fernsehbildschirm, der überwiegend die Zirkusparade durch Downtown zeigte. Zwischendurch schoben die Reporter einen Beitrag über einen

Obdachlosen ein, der gestern Abend am Pershing Square ums Leben gekommen war und dessen Tod mit dem Zirkus in Verbindung gebracht wurde.

Peter stellte den Ton an.

Es hieß, der Mann sei beim Anblick eines Werbetrucks, auf dessen Werbeplakat ein Tiger und ein Löwe zu sehen waren, durchgedreht. Der Mann habe *TIGER!, TIGER!* geschrien und sei dann panisch geflohen. An den Treppenstufen des Pershing Square sei er dann tödlich zusammengebrochen.

„Ich glaube, wir sollten den Zirkus genauer unter die Lupe nehmen", sagte Peter.

„Das machen wir, Watson. Irgendetwas stimmt mit dem Laden definitiv nicht. Aber zuerst kümmern wir uns um den heutigen Blog. Die Konkurrenz schläft nicht."

L.A. bei Nacht

Rufus, der stärkste Mann des Universums, stählte seine Muskeln mit ein paar Gewichten. Der Illusionist und Magier, der große Rossini, ging seine Kartentricks durch. Madame Madusa putzte ihre Glaskugel. Shauna machte Pilates, um ihre Attraktivität zu bewahren. Und Bill und Phil hatten einfach nur Flausen im Kopf. Man konnte hören, wie sie um die Wohnwagen huschten und kicherten.

Die Tiere wurden geschont. Nach ihrer Fütterung sollten sie sich von den Strapazen der Reise und der Parade erholen.

Ron Simon stand am Rande des Parkplatzes, von wo aus er auf Downtown und weiter bis nach Santa Monica, Venice Beach und Long Beach schauen konnte. Nur wenige Wolkenkratzer zierten die weitläufige, flache Skyline der Stadt, eingebettet zwischen dem Ozean und den Gebirgsketten.

Flugzeuge flogen den internationalen Flughafen LAX an, oder entfernten sich von diesem, gewannen an Höhe. Das Theme Building, das Markenzeichen des Airports, glich einem UFO auf vier Beinen.

Für den Zirkusdirektor hatte Los Angeles tatsächlich etwas Außerirdisches an sich. *Die Stadt der Engel*. Millionen von Menschen mit unterschiedlicher Herkunft, Tradition, Kultur, Bildung und Einkommen; eingeteilt in unendlich vielen Distrikten. Und jeder Distrikt war eine Welt für sich, teilweise isoliert gegenüber den anderen.

Die Stadt förderte den Individualismus, aber nicht jedes Individuum war finanziell erfolgreich und unabhängig. Die

Meisten kamen mit sich und der Welt nicht zurecht, sie mussten schauen, wie sie über die Runden kamen, wie sie im Großstadtdschungel überlebten. Es gab genügend Seelen, die auf sich allein gestellt waren, die niemanden hatten, außer vielleicht ihren Job, den sie täglich wie ein Zahnrädchen im Getriebe nachgingen. Dabei wollten sie doch einfach nur respektiert und geliebt werden.

Die Menschen waren empfänglich, wenn man sie an ihre Sehnsüchte, Träume und Traumata packte. Sie wurden sensibel, wenn man sie mit ihren Erinnerungen konfrontierte, wie etwa die Geburt des Kindes, die Hochzeit mit dem Traumpartner, der Verlust eines geliebten Menschen oder das Platzen eines Lebenstraums. All die damit verknüpften Gefühle waren es, die sowohl die alltäglichen Handlungen der Menschen als auch deren Träume und Albträume lenkten. Die Träumenden wussten nicht, was Wahrheit war, und was Fiktion, denn in einem Traum reagieren das Gehirn und der Körper auf Reize in gleicher Weise wie im wachen Zustand. Und er, Ron Simon, ernährte sich von diesen. Er wusste, wo man am leichtesten Träume in Hülle und Fülle finden konnte: in Los Angeles, in der *Traumfabrik* Hollywoods.

Hurra, hurra, der Zirkus ist da,
kommt her und sagt allen Bescheid.

Mit dem ersten Tag in Los Angeles war Ron Simon sehr zufrieden. Sein Zirkus war in aller Munde. Und für die Eröffnungsshow in zwei Tagen hatte er seinen Special Guest bereits gefunden: Sue, die abgemagerte Frau im Kleid. Aber noch fehlten ihm die Special Guests für die weiteren Shows.

Aber nicht mehr heute Abend. Für heute hatte er etwas anderes vor. Er blickte zum Observatorium hinüber, welches einige Meilen entfernt auf einem Hügel thronte. Dabei leuchtete die Glaskugel am oberen Ende seines Stocks auf.

Die Nacht war noch nicht vorbei.

Noch lange nicht.

Thomas

Es ist aus, *Thomas*, hatte Sira zu ihm gesagt. Nein, hatte sie nicht. Er wünschte sich, sie hätte das gesagt. Stattdessen ein Stück Papier. Befestigt am Kühlschrank. Mit einem kleinen Magneten, den sie bei einem gemeinsamen Familienfrühstück als nettes Extra aus einer Cornflakes-Packung gefischt hatten. Aber egal, es war nun einmal so, wie es war, unabhängig davon, wie sie es verkündet hatte. Der Inhalt blieb der Gleiche.

Es ist aus.

Die Stadt hinter sich lassend, fuhr er mit dem Wagen die Western Canyon Road hinauf, die sich durch die bergige Landschaft des Griffith Parks schlängelte. Die Scheinwerfer seines Gefährts zeigten ihm den Weg. Um zu verstehen, was geschehen war, hatte er das Haus verlassen; das Autofahren half ihm beim Nachdenken.

Aus und vorbei, Thomas.

Es hatte sich so komplett angefühlt. Er dachte, es würde immer so weitergehen. Doch dann – BUMMS – wurde das Ding gegen die Wand gefahren. Seine Frau hatte ihn in den vergangenen Monaten regelmäßig angeschrien. Sie hatte ihn mit Vorwürfen überhäuft, während er regungslos dagestanden und sie wie ein treuer Dackel angeschaut hatte. Und dann war es plötzlich vorbei. Zumindest für ihn. Für seine Frau hatte die Entscheidung wohl schon länger festgestanden. Am Ende zog sie den Schlussstrich. Als er von der Arbeit heimgekehrt war, war sie weg. Mit dem gemeinsamen Kind.

Es ist vorbei.

Das Glück war ihm aus seinen Händen geronnen.

Auf einer Erhöhung, einige Hundert Meter entfernt, auf der Südseite des Mount Hollywood, sah er die Lichter vom Observatorium aufpoppen. Bei Nacht wirkte das Gebäude wie die Sommerresidenz eines Prinzen aus Tausend-und-eine-Nacht. Weiße Fassade, hohe, warm erleuchtete Fenster und drei Dachkuppeln aus Kupfer. Das Observatorium befand sich hoch über der Stadt und bot einen großartigen Blick auf die Skyline und das Hollywood-Zeichen.

An diesem Abend herrschte kein großer Besucherandrang, nur wenige Menschen liefen über das Gelände und auf dem Dach des Observatoriums umher. Ein Parkplatz war schnell gefunden. Auf dem Weg zur Rückseite des großen Kuppelbaus wehte der Wind um Thomas' Nase, während Los Angeles' Nachtlichter mit den Sternen im klaren Nachthimmel um die Wette funkelten.

Er war mit Sira und ihrem gemeinsamen Sohn mehrmals hier gewesen, um die Exponate in der Hall of Science anzusehen, das multimediale Planetarium in der großen Hauptkuppel zu besuchen und den Blick auf die Stadt zu genießen.

Es ist aus, Thomas, hatte sie ihm auf einem Stück Papier geschrieben und mit einem kleinen Magnetclip aus einer Cornflakes-Packung an den Kühlschrank befestigt.

Thomas dachte, dass das Schicksal sie beide an den Traualtar geführt habe, aber das Schicksal war es wohl auch, welches Sira aus seinem Leben verschwinden ließ.

Er fragte sich, ob es so etwas wie das Schicksal überhaupt gab, oder ob dies ein Gehirngespinst des Menschen war. Aber wenn das Schicksal existierte, dann hatte es ihn so was von gefi**t.

Ein junger Tourist stellte sich neben Thomas, um ein Selfie mit der Skyline hinter sich zu knipsen. Dabei lehnte sich der junge Mann so weit über, dass Thomas dachte, dieser würde gleich das Gleichgewicht verlieren, über die Brüstung in den tiefen Abgrund stürzen und den steilen Abhang hinunterrutschen.

Und dass alles nur für ein Foto auf Facebook oder Instagram, dachte Thomas und schüttelte innerlich den Kopf. *So was Dummes.*

Er widmete sich wieder dem Nachthimmel und hatte den jungen Mann schon fast vergessen, als dieser beim ungestümen Passieren ihm versehentlich den Ellenbogen in den Rücken rammte. Thomas drehte sich reflexartig um und hatte bereits seinen *PASS-DOCH-AUF,-DU-BLÖDMANN*-Gesichtsausdruck aufgesetzt, doch dem jungen Touristen schien der Rempler leidzutun und entschuldigte sich, ehe Thomas etwas sagen konnte.

Du hast andere Sorgen, dachte Thomas und schluckte seine Wut herunter.

Gerade als er sich wieder der Skyline widmen wollte, fiel ihm ein Plakat auf. Es hing an der Wand des Observatoriums. Der Kampfkoloss Rufus und die attraktive Shauna waren darauf zu sehen. Shauna lächelte Thomas verführerisch an. Ihr Anblick ließ spätestens jetzt den letzten Tropfen Wut über den jungen Selfie-knipsenden Unhold vergessen. Selbstzweifel machten sich breit.

Was für eine Wahnsinnsbraut. Solch eine Frau findet MANN doch nur in seinen Träumen, und ich nicht einmal dort.

Frauen wie Shauna hatten ihn noch nie wahrgenommen, und das würden sie auch nie. Jetzt erst recht nicht mehr. Er war Ende vierzig. Mit einer kahlen Stelle am Hinterkopf, einem kleinen Bauch und einem Ansatz von Hüftgold. Wenn er einen Adoniskörper hätte, oder ein paar Millionen auf dem Konto, dann könnte er solch eine Frau wie Shauna vielleicht umwerben. Aber würde solch eine Frau ihn dann wirklich lieben, oder wäre die Liebe erkauft? In Sinne von: Wenn du mir schöne Dinge kaufst, dann mache ich schöne Dinge mit dir.

Dabei hatte Thomas seine passende Frau doch schon gefunden: Sira. An ihrer Seite hatte ihm sein Alterungsprozess nicht zugesetzt, denn sie waren gemeinsam gealtert. Und obwohl sie eine bildhübsche Frau mit einer verdammt guten Figur war, hatte sie in letzter Zeit noch schöner ausgesehen. Irgendetwas, oder irgendwer, hatte sie jünger wirken lassen, während er seinen Alterungsprozess nicht stoppen konnte. Als ob sie in einen Jungbrunnen gefallen war.

Wahrscheinlich ein anderer Mann, der ihr neue Energie und Kraft gibt.

Es war nur eine Vermutung. Beweisen konnte er es nicht.

Jetzt war er wieder Single. Und bei seinem derzeitigen Erscheinungsbild machte er sich wenig Hoffnung, eine neue Frau zu finden; wenn er über Sira hinweg war natürlich. Schon gar nicht solch eine Frau wie Shauna. Mit ihren langen blonden Haaren, ihren niemals endenden Beinen und ihren knackigen Brüsten, die aus dem hautengen, herzoffenen Kleid hervorstachen.

Thomas beschloss, nicht länger auf Shaunas Oberweite zu starren, die ihn in eine selbstzerfleischende, von Selbstzweifeln geplagte Gedankenspirale stießen. Er drehte sich wieder der Stadt zu und konzentrierte sich auf den Wind, der über sein Gesicht wehte. Er lauschte den Stimmen der Besucher und vernahm das Rauschen der Großstadt, welches den Hügel hinauf schwappte.

Kaum hatte er sich gefangen, glitt etwas über seine rechte Schulter. Langsam und zärtlich.

Eine Hand!

Keine zufällige Berührung eines vorbeigehenden Touristen. Die Berührung war gewollt. Dann spürte er eine weibliche Brust an seinem Arm.

„Hallo, Thomas", flüsterte eine verführerische Stimme in sein Ohr. „Ich habe auf dich gewartet."

Thomas schluckte und hielt den Blick auf die Skyline bei. Er hatte niemanden erwartet, und schon gar nicht eine Frau.

Was für eine bezaubernde Stimme. Wie muss die Dame erst aussehen?

Er traute sich nicht, sich umzudrehen, und so drehte die Frau sein Gesicht zu sich und streichelte es. Thomas konnte nicht glauben, wen er sah: Shauna, und sie kannte seinen Namen.

Woher? Ist das ein Traum? Das muss ein Traum sein. Nie im Leben würde solch eine Frau mit mir reden, geschweige denn auf mich warten.

„Freust du dich gar nicht, mich zu sehen, Thomas?", fragte sie und küsste ihn. Bevor er ihr antworten konnte, bewegte sich ihre Zunge in seinem Mund umher, und sie nahm seine rechte Hand und führte sie …

Genieß es einfach. Es ist sowieso nur ein Traum. Und falls das real sein sollte, bekommst du nie wieder solch eine Chance.

Dass Shauna auf dem Zirkusplakat verschwunden und nur noch der Kampfkoloss Rufus in seinem Ringer-Outfit und seinem gepflegten Oberlippenbart zu sehen war, registrierte Thomas nicht. Er vergaß Sira und die Menschen um sich herum. Es gab nur Shauna und ihn. Für immer und ewig. Er befand sich in Ekstase. Sein Gehirn hatte schon seit Minuten nichts mehr zu sagen, denn die tieferliegende Gegenpartei gab nun den Ton an. Sie jodelte und hechelte bei dem Wissen, wo Thomas' Hände überall waren, und Shaunas Hände an Thomas.

Wenn die Touristen das hätten sehen können. Sie hätten ,*Nehmt euch ein Zimmer!*' gerufen. Sie hätten wegen Aufsehen des öffentlichen Ärgernisses die Cops alarmiert. Doch nichts dergleichen geschah.

Da Thomas nur Augen und Hände für die attraktive Frau hatte, bemerkte er die erneute Veränderung auf dem Zirkusplakat nicht. Rufus war jetzt ebenfalls darauf verschwunden. So unverhofft Shauna aufgetaucht war, so völlig unerwartet betrat der stärkste Mann des Universums das Spielfeld. Nur nicht so zärtlich und verführerisch wie Shauna, die von Thomas abließ und ihm ins Ohr flüsterte, dass sie in einer Kabine auf dem Klo des Observatoriums auf ihn warte. Er soll ihr fünf Minuten Vorsprung geben. Und so schaute er ihrem verführerischen Rücken und ihrem wackelnden Hintern hinterher. Er konnte nicht glauben, dass diese traumhafte Frau eine Nummer mit ihm schieben wollte. Es schien, als sei alles erlaubt. Als gebe es keine Grenzen.

Und während er es sich ausmalte, wie die bevorstehende Nummer aussehen könnte, spürte er wieder eine Hand auf seiner Schulter. Diesmal eine Pranke. Sie drückte sich in sein Fleisch. Thomas versuchte, das Gesicht des Attentäters zu erhaschen, doch er wurde von der unbekannten Person festgehalten und daran gehindert.

Ein tiefer Schmerz breitete sich in ihm aus. Als wenn jemand mehrfach ein Messer in seinen Rücken rammte. Blitze zuckten vor seinen Augen. Das Atmen tat ihm weh, er bekam schwer Luft. In seinem Hals staute sich das Blut. Auch über sein Gesicht begann der rote Lebensstrom an zu fließen.

Thomas fasste sich an die Stelle seines Kopfes, an der er ein intensives Tuckern verspürte. Da steckte tatsächlich ein Messer in seinem Kopf!

Die Hände des Unbekannten legten sich um seinen Hals. Thomas kämpfte dagegen an, versuchte, sich aus den Pranken zu befreien, doch er hatte keine Chance. Der Gegner war zu stark. Thomas bekam immer schlechter Luft.

Warum hilft mir niemand?

Seine Sinne schwanden. Die eintretende Empfindung, die er nicht kannte und nicht einordnen konnte, beängstigte ihn, und gab ihm zugleich das Gefühl der Geborgenheit. Kurz bevor die Welt vor seinen Augen verblasste, realisierte er einen Fall. Der Täter hatte ihn über die Kante gestoßen.

SHAUNA! war sein letztes Wort; nicht Sira.

Als er in der Tiefe aufkam, knackte sein Genick. Das Messer bohrte sich weiter in seinen Schädel.

Panik brach aus.

DA IST EINER GESPRUNGEN!

DA HAT SICH EIN MANN UMGEBRACHT!

Die Anwesenden hatten nur Thomas gesehen. Shauna und Rufus hingegen zu keiner Sekunde. Und wenn doch, dann nur auf dem Plakat, auf dem die beiden euphorisch lächelten.

Feierabend für heute

Auf dem Parkplatz des Los Angeles Dodgers Stadium stand ein lächelnder Zirkusdirektor. Die Glaskugel am oberen Ende seines Stocks begann zu leuchten und füllte sich von innen mit einer weißen Energie, die wie weißer Sternenstaub aussah. Die Energie war nach Thomas' Tod aus dessen Körper entwichen und zum Observatorium aufgestiegen. Das dort hängende Zirkusplakat, auf dem Shauna und Rufus abgebildet waren, saugte die weiße Energie in sich auf und beamte sie direkt in die Glaskugel des Zirkusdirektors.

Das ganze Spektakel, welches für das menschliche Auge verborgen blieb, dauerte nur wenige Sekunden, danach hörte die Glaskugel auf zu leuchten.

Wie bereits gesagt, der Zirkusdirektor war mit dem ersten Tag in Los Angeles sehr zufrieden, doch er wusste, dass noch viel Arbeit vor ihm lag.

Aber erst morgen.

Für die verbleibende Nacht wollte er sich zurückziehen, erholen und neue Kraft tanken.

Morning Show

„Tollpatsch! Kannst du mich nicht gefühlvoller wecken?", sagte April im Halbschlaf, als Peter über sie stolperte. Sie war über Nacht bei ihm geblieben und lag auf der Gästematratze.

„Du weißt ganz genau, dass ich kein Romantiker bin", erwiderte Peter. Er fuhr den Rechner hoch und rief die eigene Blogseite auf. Dort hatte es, sehr zu seiner Freude, eine große Auseinandersetzung gegeben. Dann schaltete er den Fernseher ein. Das Logo der Morning-Show erschien und die Themen für die nächste halbe Stunde wurden angekündigt. Unter anderem von einem Selbstmord am Observatorium.

„Kaum aufgestanden und sich schon mit Informationen vollpumpen, du Junkie", kicherte April und rieb sich die Augen.

„Ich habe schon einen Termin bei der Entzugsklinik gemacht", antwortete er.

„Guten Morgen, Los Angeles, ich bin Steve Daran."

„Und ich bin Lucy Lane, einen schönen guten Morgen", stellten sich die Moderatoren vor.

„Bereits gestern haben wir über die aufregende Ankunft von Ron Simons Zirkus berichtet, der den gesamten Verkehr in Downtown lahmgelegt hatte", sagte Steve Daran. „In diesem Zusammenhang berichteten wir auch von einem obdachlosen Mann, der zwei Tage zuvor beim Anblick eines Tigers auf einem Werbetruck einen Herzstillstand erlitt und starb. Nun hat sich ein weiterer Todesfall in der Stadt ereignet, der mit dem Zirkus in Verbindung gebracht wird. Am Observatorium hat sich ein Mann das Leben genommen."

Ein Augenzeuge wurde eingeblendet.

„Als der Mann sprang, hat er *SHAUNA* geschrien. Ich konnte mit dem Namen zunächst nichts anfangen, bis man mir sagte, dass Shauna die heiße Assistentin vom Zirkus ist."

„An der Stelle, wo er sprang", sagte ein Polizist in die Kamera, „befand sich ein Plakat von Ron Simons Zirkus. Mit Shauna und Rufus als Motiv. Warum der Mann beim Springen den Namen der Frau geschrien hat, können wir aktuell nicht sagen. Sein Sprung selbst war wohl das Ende einer Familientragödie."

Eine Kameraaufnahme zeigt, wie kurz nach Thomas' Selbstmord ein Familienhaus von der Polizei gestürmt wird. Das Haus stellt sich im Nachhinein als verwaist heraus. Von der Frau und dem gemeinsamen Sohn keine Spur. Sofort kamen neue Spekulationen auf. Der gesprungene Ehemann habe seine Familie umgebracht und auf dem Grundstück vergraben; oder entführt und andernorts beseitigt. Die journalistische Kreativität kannte keine Grenzen. Erst wenige Stunden später, am heutigen frühen Morgen, kam die Entwarnung: Seine Frau Sira und deren gemeinsamer Sohn waren am Tag zuvor zu Großmutter gefahren. Eheprobleme.

Peter schmunzelte.

„Ich höre gerade, dass wir den Zirkusdirektor für eine Aussage gewinnen konnten", sagte Steve Daran. „Dazu schalten wir nun zu unserem Reporter Larry Birmingham. Larry, inwieweit haben die Leute vom Zirkus diese Nachricht aufgenommen?"

Der Fernsehbildschirm wurde zweigeteilt. Auf der einen Hälfte zeigte man Steve Daran im Studio, auf der anderen Bildschirmhälfte einen Außenreporter, der mit dem Zirkusdirektor auf dem Parkplatz des Dodgers Stadium stand.

„Steve, ich stehe hier mit dem Zirkusdirektor Ron Simon, der uns freundlicherweise für ein Interview zur Verfügung steht. Mr. Simon, was empfinden Sie bei den zwei bizarren Zwischenfällen, bei denen stets Ihre Werbeplakate für ein tödliches Ende gesorgt haben sollen?"

Ron Simon blieb ruhig, zog seinen Zylinder und schaute betroffen in die Kamera. „Nun, natürlich sind wir geschockt, denn wir wollen mit unserem Zirkus die Leute unterhalten und glücklich machen. Die Menschen sollen mit Begeisterung erfüllt sein und uns nach der Show positiv in Erinnerung behalten. Wir wollen niemanden schaden. Dass unsere Plakate zu zwei Todesfällen geführt haben sollen, trifft uns hart, und wir bieten bei der Aufklärung unsere volle Unterstützung an."

„Aber die derzeitige Aufmerksamkeit kommt Ihnen doch sehr gelegen, oder?"

„Oh, bitte Larry. Ich darf Sie doch Larry nennen?", fragte Ron Simon. „Wir schmücken uns nicht mit Toten, sondern damit, dass wir *Die größte Show auf Erden* bieten und in den Gesichtern der Menschen ein Lächeln hervorzaubern."

Peter löste sich vom Fernseher, er brauchte jetzt Koffein. „Willst du auch einen Kaffee?"

„Gern."

Peter füllte die Kaffeemaschine mit Kaffeepulver und Wasser auf. April erhob sich derweil von der zusammenklappbaren Gästematratze und machte zur Auflockerung einige Streckübungen. Sie beugte sich nach vorn, sodass ihr T-Shirt den Rücken hochwanderte und das Unterhöschen freigab. Ihre weibliche Intuition ahnte, dass dies nicht unbemerkt geblieben war.

„Starrst du auf meinen Hintern?"

„Du kennst die Antwort."

„Unverbesserlich, Watson."

„Wir sollten uns den Zirkus einmal genauer anschauen", lenkte Peter den Fokus zurück auf das Wesentliche, während er die Kaffeemaschine einschaltete. „Wie die Tiere gehalten und während der Auftritte behandelt werden."

„Was ist mit den Todesfällen?"

„Was soll mit denen sein?"

„Findest du die nicht auch kurios?"

„Doch, natürlich. Wenn wir darüber etwas herausbekommen, warum nicht, aber ich will vorerst in meinem Element bleiben."

„So sei es, Watson."

Dunkles Herz

Neuer Tag, neue Taten. Er hatte die gewünschte Aufmerksamkeit bekommen, die er wollte. Die ganze Stadt sprach über seinen Zirkus, und dass bei all der Konkurrenz wie Disneyland, Hollywood und Prominentenskandale. Doch jetzt war es wichtig, die gewonnene Aufmerksamkeit aufrechtzuerhalten.

Dafür mussten weitere Seelen her. An einem Ort, der wie dafür geschaffen war. Ein Ort, den man mied. Niemand begab sich freiwillig dorthin, es sei denn, man hatte keine andere Wahl. Ein Ort, wo man nicht vermisst wurde, wenn man spurlos verschwand. Ein Ort, wo man verschollenen Personen nicht hinterhertrauerte und man nicht nach ihnen suchte: im dunklen Herzen von Los Angeles. Dieses lag in Skid Row. Die Dritte Welt der USA. Eine Welt voller Drogen und Gewalt, Morde und Vergewaltigungen. Das ganze Viertel war verseucht. Jede reine Seele wurde hier zwangsläufig durch böse Seelen vergiftet. Wer sich nicht behauptete, wurde von Skid Row gefressen. *Survival of the Fittest*.

Die Öffentlichkeit schaute weg. Dieser Ort, dieser Fleck, er passte nicht zu Los Angeles, die Welthauptstadt des Entertainments und des Glamours, die Stadt, die wie ein sesshaft gewordener Zirkus Illusionen und Träume im Scheinwerferlicht verkaufte. Jeder folgte ihrem Licht und sonnte sich in ihr. Doch in ihrem Inneren war sie kaputt und schmutzig. Die Wahrheit verbarg sich im Schatten, und da sollte sie auch bleiben, denn Schatten konnte man nicht besiegen. In diesen lauerten die Opfer, die aus dem System gefallen waren. Unausrottbare Zombies, die Straßenzüge belagerten; oder ganze Blöcke.

Die Verwandlung zum Zombie konnte jeden ereilen. Manchen wurde der Zombie-Virus bereits zur Geburt in die Wiege gelegt; und bedrohte Menschenarten wie Veteranen, die sich von der Gesellschaft ausgegrenzt fühlten, jene Gesellschaft, für die sie im Ausland ihr Leben riskiert hatten, fielen schnell in ein seelisches Tief, wo der Zombie-Virus tobte und darauf wartete, sie zu infizieren.

Aber nicht nur die, die isoliert auf dem versifften Boden der Gesellschaft lebten, waren gefährdet, sondern auch die, die der Mittel- und Oberschicht angehörten; auch sie konnten sozial abrutschen: durch Arbeitslosigkeit, Mietschulden, hohe Krankenhausrechnungen, Alkohol- und Drogenabhängigkeit oder häusliche Gewalt.

Einmal infiziert, gab es selten einen Weg zurück. Das Gegenmittel hatte man noch nicht gefunden. Die Bereitschaft, danach zu forschen und zu entwickeln, war kaum vorhanden. Die wenigen Menschen, die gegen die Windmühlen ankämpften, begaben sich in Gefahr.

Als der Zirkusdirektor bei Sonnenuntergang durch Skid Rows Straßen spazierte, hatten die Läden bereits geschlossen. Die Jalousien waren unten oder mit Holzbrettern verbarrikadiert. Überall lag Müll herum oder wurde dieser vom Wind umhergewirbelt. Die Gehwege waren mit Spritzen, Elektroschrott und Sperrmüll verschmutzt, die Wände mit Graffitis überzogen, und an mehreren Ecken schallte laute Rap-Musik. Einige Bewohner saßen unter freiem Himmel zusammen, auf Klappstühlen, in ausrangierten Ohrensesseln oder auf Sofas. Andere hockten in Zelten, die die Bürgersteige blockierten. Manche Bewohner waren verheiratet oder gut befreundet, andere waren Einzelgänger, die sinnlos herumsaßen, in die Gegend starrten oder ohne Unterlage auf dem Bordstein schliefen.

K2 war hier besonders weit verbreitet. Eine Droge, die unter verschiedenen Namen verkauft wurde: Mr. Bad Guy, iBlown, Red Giant, AK-47 oder Trippy. Auf den Straßen von Los Angeles nannte man es meist *SPICE*. Es war sehr günstig. Ab einen Dollar aufwärts. Man konnte das SPICE überall riechen. Die synthetische Droge versuchte die Wirkung von Marihuana zu imitieren. Die chemische Zusammensetzung variierte jedoch abhängig vom Koch. Somit war es unmöglich, die Dosis zu kontrollieren. Manchmal bedurfte es einer großen Menge, um sich zu berauschen, und manchmal einer mikroskopisch kleinen, um sich in andere Stratosphären zu katapultieren. Nix für Hobby-Kiffer.

SPICE manipulierte das Gehirn. Es ließ dich glauben, dass du am lebendigen Leib verbrennst. Oder dass du von einem Monster verfolgt wirst. Wegen solcher Wahnvorstellungen gingen Menschen aufeinander los.

SPICE war sprichwörtlich ein Virus.

Andere Drogen waren auch nicht besser.

Von Ecstasy bekam man Pickel.

Cannabis führte zu Durchblutungsstörungen und zu Verstopfungen der Arterien; Körperteile starben ab.

Methamphetamin sorgte für vertrocknete Schleimhäute und verursachte zwanghaftes Kratzen, besonders gern im Gesicht.

Heroin sorgte ebenfalls für Juck- und Kratzreiz. Oft an den Geschlechtsorganen. Es kam zu Blasenbildungen und zum regionalen Absterben der Haut. Man sah aus wie ein Brandopfer.

Chrystal Meth ließ einen in Rekordzeit altern, man starb in der Gestalt einer Mumie, ohne Zähne und mit eingefallenen Augen.

Auch der Konsum von Kokain und Crack war nicht minder übel. Man konnte sich an den heißen Crack-Pfeifen die Lippen verletzen, entweder, weil die Pfeifen zu heiß waren, oder durch mehrmaliges Herunterfallen stellenweise abgeplatzt waren und scharfe Kanten bekommen hatten. Durch das Herumreichen der Pfeifen bekam man zudem die einhergehenden Geschwülste und Warzen der Anderen gleich frei Haus geliefert; direkt in den eigenen Mund (oder in die Nase). Und der austretende Dampf sorgte hin und wieder für angekohlte Augenbrauen.

Na ja, und für die Haut war das ganze Drogenzeug sowieso nicht gut. Allein bei den nicht sterilisierten Spritzen bestand stets die Gefahr, sich mit irgendetwas anzustecken.

Trotz all dieser Gefahren und Auswirkungen wurde der Selbsterhaltungstrieb auf der Suche nach dem nächsten Kick unterdrückt.

Ja, an diesem Ort war Ron Simon richtig. Das, was er sah, glich einem Untergangsszenario. Was bereits bei Tageslicht beängstigend und traurig aussah, wirkte bei Einbruch der Dunkelheit, wenn die Schatten durch die Lichtkegel der Straßenlaternen schlappten und krochen, besonders besorgniserregend und furchteinflößend.

„Da ist dieser Zirkusmann!"

Die Menschen erkannten ihn sofort, und er legte sein bestes Zahnpastalächeln auf. Er winkte ihnen zu, manchen gab er sogar die Hand. Schon bald war er von Zombies … oh, verzeihen Sie bitte … von Menschen umringt. Er fühlte all die Energien in sich aufkommen, die von den Bewohnern ausgingen. Negative Energien wie Einsamkeit, Wut, Angst, Furcht, Trauer und Verzweiflung.

Während er den Menschen zulächelte, befand sich sein zweites Ich, welches den Menschen verborgen blieb, in einem Rausch. Es schnitt Grimassen der Ekstase und des Genusses. Wie ein Drogenabhängiger, der sich einen Schuss gesetzt hatte. Er fühlte sich wie neu geboren. Doch er musste aufpassen, nicht die gesamte Energie der Anwesenden auszusaugen, sonst würden diese auf der Stelle tot umfallen. Immer etwas übriglassen, damit sie weiterlebten.

„Hey Zirkusmann, wir würden deinen Zirkus gern besuchen. Gibst du uns eine Extra-Vorstellung?", fragte ein dürrer, dunkelhäutiger Mann, Anfang zwanzig.

Alle lachten, denn ihnen war klar, dass dies nie geschehen würde. Ein Zelt mit Obdachlosen, vollgepumpt mit Drogen und von Geisteskrankheiten geplagt. Zombies, die einen mit ihren Seuchen anstecken und einem die Hütte auseinandernehmen. Nicht ohne Grund wirkte Skid Row wie eine Quarantänezone. Wer lud sich denn solche Gäste ein? Freiwillig?

„Wie heißen Sie, Mister?", fragte der Zirkusdirektor.

Kurze Stille.

„Joseph, Sir", sagte der dürre Mann flapsig und cool, um vor den anderen sein Gesicht zu bewahren. Erkennbare Schwächen waren in Skid Rows Straßen Vorboten des sicheren Todes. Wer Schwäche zeigte, wurde zur Beute.

„Wollen Sie meinen Zirkus besuchen, Joseph?"

Die Menge schrie.

Yeah!

Auf jeden Fall!

Der Zirkusdirektor senkte seinen Kopf. Sein Blick fiel auf

die Stelle, wo sein Stock den Boden berührte und dort hin und her rotierte. Er signalisierte den *Zombies,* dass er nachdachte, dabei war das nur Show. Er wollte sie von Anfang an einladen, dies war der Grund seines Erscheinens. Als er seinen Kopf wieder erhob, spürte er die Spannung, die in der Luft lag.

„Wissen Sie was, Joseph? Ich lade Sie zu meiner Show ein. Und nicht nur das …" Er schaute in die Traube, die ihn umzingelte. Alle Blicke waren auf ihn gerichtet. *Herrlich.*

„Wollen Sie alle den Zirkus besuchen?"

Yeah!

Absolut!

„Nun, ich denke, da lässt sich etwas machen. Natürlich nicht für alle aus diesem Viertel. Das klappt leider nicht, aber für einige von Ihnen schon. Ich denke, ich werde eine eigene Show für Sie veranstalten. Kostenlos."

Yeah!

Cool!

Großartig!

„Versprechen Sie uns das?", fragte Joseph. „Ich meine, uns wurde schon viel versprochen, verstehen Sie?"

„Oh, gewiss. Ich verstehe Sie vollkommen, Sir. Ich verspreche es. Wollen wir alle darauf einschlagen?"

Er hielt seine geschmeidige, gepflegte Hand waagrecht hin, und wie bei Sportmannschaften, die vor Spielbeginn einen Kreis bildeten und sich auf das Bevorstehende einschworen, stapelten sich fremde Hände darüber. Graue Hände, lederartig, manche mit merkwürdigen Verfärbungen oder Blasen.

Unter tosender Freude und einem langen *Oh-Yeah!*-Laut gingen die Hände in die Luft.

„Also gut, meine Damen und Herren, so sei es. Ich werde wiederkommen und Ihnen sagen, wann das sein wird. Spätestens am letzten Abend wird sich das einrichten lassen."

Yeah!

Cool!

Die Zombiegruppe um Ron Simon herum war vollkommen aus dem Häuschen. Er spürte, wie sie vor Freude auf seine Schultern klopften. Es gab Handshakes, und ein Bewohner von Skid Row spendierte ihm sogar eine Bierflasche, die er dankend annahm. Er stieß mit den Leuten auf den Pakt an. Oh, wie er Los Angeles liebte. Die Stadt war ganz nach seinem Geschmack. Als er Skid Row verließ, war es bereits stockfinster, und Zombieland zeigte sich wieder von seiner schlimmsten Seite. Es wurde geraubt, gemordet, erpresst und vergewaltigt. Und Los Angeles sah wieder weg. Die Stadt ignorierte ihr eigenes dunkles Herz.

Lester

Das Neonschild *Mighty Big* spiegelte sich in der großen Pfütze, wenn auch verzerrt, durch die einfallenden Regentropfen. Der Club hatte einen guten Ruf. Neben dem angenehmen Ambiente, der guten Musik und den spritzigen Getränken zeichnete sich der Club vor allem durch eine Sache aus: Damen mit großen Oberweiten. Dabei spielte es keine Rolle, ob diese echt waren, oder Werke der modernen Chirurgie. Hauptsache groß, dass *Mann* schwindelig wird.

Lester näherte sich dem Club mit purer Vorfreude. Er war die Sorte Typ, den man normalerweise an der Tür abwimmelte und aufforderte, sich zu verpissen. Jemanden, den man sprichwörtlich im Regen stehen ließ: ein ungepflegter Drei-Tage-Bart, ein ekelhaft riechendes Duftwasser, Goldkette um den Hals und ein Streichholz zwischen den Zähnen.

Normalerweise.

„Hey, Lester! Auf dich ist Verlass. Wenn das Jahr mehr als dreihundertfünfundsechzig Tage hätte, würdest du noch öfters vorbeischauen", sagte einer der beiden breitgebauten Türsteher. Es folgten lässige High Fives.

Mit „Hey, Lester!" wurde er auch von den Damen auf dem Weg zur Bar begrüßt, wo ihm eine sexy Brünette sein Lieblingsgetränk mixte, ohne, dass er etwas sagen musste. Auch sie nannte ihn beim Namen.

Die Bühne glich einem Laufsteg in Mailand, Paris oder London, nur, dass der Laufsteg in Mighty Big am vorderen Ende eine Tanzstange besaß. Und an dieser sah Lester ein

Paar neue Titten tanzen.

„Hey Lester!", wurde er vom Club-Besitzer Jimmy begrüßt. „Welche Dame darf es denn heute sein?"

„Ich weiß nicht, aber ich denke, ich werde heute mit Cindy nach hinten gehen. Aber erst später. Jetzt will ich bei Mary sitzen." Er zwinkerte der Dame hinter dem Tresen zu. „Warum bekomme ich bei dir eigentlich keine Flatrate, Jimmy? Ich meine, ich bin jeden Abend hier und lasse mein Geld da."

Jimmy lachte. „Ich bin Geschäftsmann. Warum sollte ich auf all das Geld verzichten, dass du allabendlich mit Genuss ausgibst?"

„Schlauer Mann. Ich will ja auch nicht geizig sein, schließlich haben wir alle etwas davon." Er zwinkerte erneut zu Mary, und alle lachten.

Lester war kein Beziehungsmensch, sondern ein überzeugter Einzelgänger. Seiner Meinung nach war er zu gut, um nur einer Dame zu dienen, und er liebte die Abwechslung. Zudem glaubte er, dass die allabendlichen Besuche in Mighty Big günstiger waren, als die Kosten, die mit einer gegründeten Familie anfielen: die anfänglichen Dates mit der zukünftigen Ehefrau, die Hochzeit, die aus Liebe gezeugten Kinder, die Urlaube, das Haus. Alles unnötige Geldfresser. Dann lieber jeden Abend eine andere Dame, die für ihn in der Kabine tanzte. Und weil er so spendabel mit dem Trinkgeld umging, bekam er von den Damen das eine oder andere Extra dazu. Er durfte die Damen selbst nicht anfassen, aber wenn die Damen ihn berührten und liebkosten (und noch mehr), dann akzeptierten die Aufpasser, Türsteher und Jimmy das. Wie Lester eben sagte: *Schließlich haben alle etwas davon.*

Niemanden im Club interessierte es, womit Lester sein Geld verdiente. Vielleicht war er ein erfolgreicher Automobilverkäufer, Zuhälter, Pokerspieler oder Zocker. Vielleicht aber auch einfach nur ein Ganove. Oder er entsprang aus einer reichen Familie, ein Millionenerbe etwa. Wer konnte das schon sagen, und wer wollte das wirklich wissen? Jeden Abend kam er mit seiner aufgemotzten Karre vorgefahren, die man nur fuhr, wenn man über das notwendige Kleingeld verfügte. Lester sah nicht nach jemandem aus, der bei einer Bank einen Kredit von mehreren Hunderttausend Dollar bekam, nur um sich solch einen Sportwagen mit dicken Felgen zu kaufen.

Solange Lester genug Kohle daließ, sich ordentlich benahm und die Ladies nicht belästigte, gab es nichts zu beanstanden. In Mighty Big war er stets willkommen.

„Sag mir einfach Bescheid, wenn du Cindy sehen willst, okay?", sagte Jimmy, und Lester nickte.

„Wer ist das da auf der Bühne? Wie heißt sie?"

„Michelle. Sie hat heute ihren ersten Auftritt bei uns."

Jimmy klopfte seinem besten Kunden auf die Schulter und ging dann zur Bühne, um Michelle per Handgeste die Anweisung zu geben, mehr mit den Titten zu wackeln. Man sah dem Mädchen die Nervosität an. Aber das Rotkäppchen-Outfit stand ihr prächtig. Bei ihr hätte Lester gern den bösen Wolf gespielt. Aber nicht heute. Michelle brauchte eine gewisse Eingewöhnungszeit, ehe er sie ausprobierte.

Cindy blieb sein Lieblingsmädchen. Sie wusste, was er wollte. Sie waren ein eingespieltes Dream-Team. Doch bevor er sich von Cindy in einer Kabine verwöhnen ließ, wartete er die nächste Nummer ab. Olivia erschien. In einem Militäranzug, dessen Oberteil ihr irgendwie zu klein war.

Wie auch der zu kurze Rock.

Wie ärgerlich.

Lester schmunzelte.

Olivia salutierte und stampfte mit den Füßen. Im Gleichschritt marschierend. Es dauerte nicht lang, bis die Klamotten nach und nach zu Boden fielen, denn das Publikum in Mighty Big war sehr ungeduldig. Wie auch Lester. Ungeduldig und spitz. Nachdem er seinen Drink vollständig intus hatte, und Olivia unter tosendem Applaus die Bühne verließ, begab er sich in eine der hinteren Kabinen, wo er in einem breiten Sessel auf Cindy wartete.

Oh, man, wie ich mich gleich auf …

Es blieb ihm keine Zeit, seine Gedanken weiter auszuführen, denn Cindy kam herein. „Hey, mein Süßer. Freust du dich, mich zu sehen?"

„Und wie Baby, ich will heute das volle Programm."

„Was hältst du von einem Hausbesuch bei dir? Irgendwann? Dann bekämst du noch mehr Extras."

Lester ging auf das Angebot nicht ein. Das tat er nie. Alles sollte im Club geschehen. Er hatte noch nie eines der Mädchen mit zu sich nach Hause genommen.

Jimmy wusste, wie fasziniert Lester von Cindy war. „Warum heiratest du sie nicht, mein Freund?", hatte er ihn mehrmals mit einem Lächeln gefragt, wissend, dass Lester so etwas nie machen würde.

Cindy kreiste ihre Hüften und spielte an ihrem Dessous herum. Lester wusste, wie ihre Brüste aussahen, genoss aber das verzögerte Auspacken. Sie setzte sich auf ihn und rieb sich auf seinem Schoß. Wenn sein Gesicht nicht zwischen ihren Titten stecken würde, hätte man ihn stöhnen gehört. Er achtete streng darauf, seine Hände von ihr zu lassen. *Die goldene Regel!*

Als Cindy dann vor ihm auf die Knie ging, lehnte er sich nach hinten und schloss die Augen.

Doch nichts passierte.

Warum bläst sie nicht?

Er öffnete die Augen, und Cindy war verschwunden. Dafür erblickte er eine Chinesin mit einer mädchenhaften Figur, nackt, in einem Spagat auf dem Boden.

„Wer bist du? Und wo ist Cindy?"

Die zierliche Chinesin richtete sich vor ihm auf, verlagerte ihr Körpergewicht auf das linke Bein und führte den rechten Fuß zu ihrem Kopf.

„Wie elastisch und gelenkig du bist", sagte Lester. Sein kleiner Lester stand außerhalb der Hose frei und aufrecht im Raum. Auch wenn die Chinesin nicht sein Typ war, sie erregte ihn.

„Wie heißt du? Wo ist Cindy?"

Die Fragen wurden nicht beantwortet, aber dafür lief in seinem Kopf jetzt ein schmutziger Film ab.

Hätte er beim Betreten des Clubs das Zirkusplakat an der Eingangstür registriert, so hätte er gewusst, wen er vor sich hatte. Auf dem Plakat waren Mai-Lin und ein Vogelstrauß abgebildet. Da die Asiatin nun vor ihm stand, musste der Strauß logischerweise allein auf dem Plakat zu sehen sein.

„Kannst du sprechen? Verstehst du Englisch?"

Die Chinesin setzte sich auf den kleinen Lester und kreiste ihre schmale Hüfte.

Lester hatte schon viele Frauen gehabt, und Cindy war sein Liebling, aber was die zierliche Asiatin veranstaltete, ließ sein Gehirn implodieren. Zwischenzeitlich vergaß er seinen Namen und den Ort, an dem er sich befand. Sein

Verstand glich dem eines vor sich hin sabbernden, im Rollstuhl sitzenden Opas.

„Warum habe ich dich nicht schon früher getroffen? Oh, mein Gott."

Dann hörte die Chinesin auf, ihn zu reiten, und kniete sich vor ihm hin, um es zu beenden. Auch hier schlug sie Cindy um Welten.

Ein lüsterner Schrei von Lester. Sie war verdammt gut. Er hielt es nicht mehr lange aus. Gleich war es so weit. „Du weißt, wie du mich glücklich machst, Baby."

Die Chinesin machte unbeeindruckt im gleichen Tempo weiter, bis der kleine Lester heftig pulsierte und zuckte. Der große Lester schloss seine Augen. Das Sperma schoss wie ein Feuerwerk hinaus, was die Chinesin jedoch nicht davon abhielt, weiterzumachen.

Doch plötzlich fühlten sich ihre Lippen rau und hart an, und als sie begann, auf den kleinen Lester brutal herumzupicken, wurde der große Lester stutzig.

„Was für eine Scheiße!?"

Er öffnete seine Augen und sah einen Vogelstrauß vor sich, der den kleinen Lester umbrachte. Er schrie den ganzen Club zusammen, aber niemand kam zur Hilfe. Kein Türsteher, kein Bodyguard, kein Jimmy und keine der Frauen aus den Nebenkabinen.

Niemand.

Alles war Blut überlaufen, und der kleine Lester war nicht mehr. Dann war der große Lester dran. Der Vogelstrauß befand sich in einem Blutrausch. Lesters Versuche, den Vogel von sich wegzustoßen, machten das Tier nur aggressiver.

Schon bald war Lester nicht mehr wiederzuerkennen,

und wenige Minuten später letztendlich Geschichte. Aus seinem Körper entwich eine weiße Energie; für Menschen unsichtbar. Sie schwebte durch den Haupteingang hinaus und verschwand über das Zirkusplakat, welches neben den beiden Türstehern an der Wand hing.

Derweil wurde Jimmy draußen unruhig. Er fragte Mary an der Theke, ob sie Lester mal wiedergesehen hätte, seitdem er mit Cindy verschwunden war. Sie verneinte. Jimmy runzelte die Stirn und ging in die Kabine, in der sich die beiden zurückgezogen hatten. Sie war leer.

Sind die beiden etwa durchgebrannt?

Bei dem Gedanken musste er schmunzeln, aber ausschließen wollte er das nicht. Seine Theorie bekam jedoch Risse, als er die beiden Türsteher am Haupteingang passierte und Lesters protzige Sportkarre vor dem Club erblickte.

Soll mir egal sein. So oft, wie er für Cindy bereits gezahlt hat, könnte sie schon längst ihm gehören. Und wenn die Karre die Tage nicht abgeholt wird, werde ich sie schwarz verticken. Als Zahlung für Cindy.

Dennoch war Jimmy betrübt, denn er hatte einen zahlkräftigen Stammkunden verloren. Lester und Cindy bei der Polizei als vermisst zu melden, lag ihm fern. Er glaubte, dass die beiden die Verbindungen zu ihrem alten Leben gekappt hatten, um ein Neues zu beginnen. Außerdem lag sein Fokus in den folgenden Nächten auf Michelle, die ihre Schüchternheit schnell ablegen und sich zu einem wahren Publikumsmagneten entwickeln sollte. *The Show goes on*, dachte Jimmy. Und so erfuhr niemand von Mai-Lin und dem Vogelstrauß in Mighty Big. Lester sollte nicht in der Morning Show mit Lucy Lane und Steve Daran erwähnt werden, oder anderswo.

Laura

Sie wurde wieder enttäuscht. Nicht, dass sie sich große Hoffnungen gemacht hätte, aber dieses Mal war es anders. Es hatte sich so gut angefühlt. Sein Profiltext. Seine Bilder. Die Mails. Die Telefonate. Seine warme Stimme. Am Ende war er ein verheirateter Mann.

Nach diversen Dates über verschiedene Dating-Portale hatte sie geglaubt, einen guten Riecher entwickelt zu haben, um Scharlatane auszusieben.

Manche Kandidaten waren plump und einfach gestrickt (Penisbilder oder Anmachsprüche wie *Bock zu ficken?*). Sie fragte sich, ob solche Typen überhaupt Erfolg hatten. Andere Männer waren raffinierter. Sie beherrschten das Spiel nahezu perfekt. Sie wussten, was Frauen hören wollten, und sie hatten es nicht eilig, ans Ziel zu kommen. Es ging um das Spiel selbst. Hatte man(n) die Intimität einer Frau gewonnen, widmete man(n) sich der nächsten Beute.

Die Frage, warum die Männer nicht einfach zu einer Prostituierten gingen, erklärte Laura sich damit, dass dies nur hässliche Männer machten, die keine Frau abbekamen, oder Männer, für die das Spiel um den einen *Schuss* zu aufwendig war. Wer sich für einen richtigen Mann hielt, wollte keine Frau als Dienstleisterin, sondern eine Frau, die ihn begehrte und sich nach ihm sehnte. Aus freien Stücken. Eine Prostituierte, die sich für Geld von jedem durchnudeln ließ, konnte man eben nicht erobern.

Nach diversen, vorwiegend kostenlosen Onlineportalen hatte sie sich an eine Agentur gewandt und eine beträchtliche Gebühr gezahlt. Dafür versprach man ihr, dass alle präsentierten Männer auf Echtheit geprüft seien. Zudem gäbe es ein professionelles Match-up-Verfahren. Die Agentur schaue, welche Kandidaten für Laura am geeignetsten waren (Aussehen, Charakterzüge, Freizeitinteressen). Laura hatte gehofft, über diese Agentur ihren Mr. Right zu finden.

Gleich morgen würde sie die Agentur anrufen und den verheirateten Mann wegen Betruges melden. Aber heute Abend, nach dem misslungenen Treffen, wollte sie einfach nur nach Hause. Sie wollte niemanden mehr sehen.

Einfach nur nach Hause.

Mit einem emotionalen Tunnelblick hastete sie über den Walk of Fame. Die Sterne der Stars flogen zügig unter ihren Füßen vorbei. Sie passierte das TLC Chinese Theatre, das Hard Rock Café und das Dolby Theatre und ließ die schimmernde Welt schließlich hinter sich, als sie in die Tiefe der Metro-Station *Hollywood/Highland* abstieg.

In der Station, die wie die Wirbelsäule eines Wals aussah, stiegen Leute in eine wartende Metro ein. Laura rannte los, um diese noch zu erwischen, doch die Metro schloss die Türen und verließ, vor Lauras Nase, die Station.

Verärgert lehnte sie sich an eine Säule, an der ein Zirkusplakat hing. Die beiden Zwillingsbrüder Wraight vollführten darauf eine akrobatische Flugeinlage in schwindelerregender Höhe. Dennoch hatten sie dabei nur Augen für die traurig dreinschauende Frau.

Laura zweifelte an sich, sie verstand die Welt nicht mehr. Im Freundeskreis wie auch im Kollegenkreis hatten sie fast alle ihr Glück gefunden. Sie durften in vertrauter Zweisamkeit leben. Manche bekamen Nachwuchs, sogar die, die weniger attraktiv waren als Laura. Nicht, dass sie eingebildet war, aber für eine Frau in ihrem Alter war sie noch ordentlich in Schuss. Normal gebaut, mit weiblichen Kurven an den richtigen Stellen und ein tageslichttaugliches Gesicht – auch ohne Make-up. Sie empfand sich auch nicht als kompliziert, aber dennoch musste „Ich-bin-verzweifelt" auf ihrer Stirn geschrieben stehen. Und über ihre Achseln dunstete sie wahrscheinlich Verzweiflung und Hoffnungslosigkeit aus. Dabei wollte sie spätestens mit dreißig eine Familie gründen.

Die Zeit tickte.

Hätte sie ihrer Umgebung doch mehr Aufmerksamkeit geschenkt, anstatt zu grübeln, dann wäre ihr aufgefallen, dass das Plakat an der Säule mittlerweile verwaist war.

Eine Hand streichelte flüchtig ihre Schulter, und sie erschrak, aber nur kurz, denn die Hand gab ihr ein beruhigendes Gefühl. Zudem fühlte sie sich von den beiden attraktiven, jungen Athleten angezogen, die plötzlich vor ihr standen und sie anlächelten.

Zwillinge?

Noch bevor Laura Furcht verspüren oder etwas sagen konnte, sprangen die beiden in die Luft und nutzten die Wegweiser und Schilder der Station für ihre Turnübungen. Laura war anfangs sprachlos und wie gelähmt, doch dann erwuchs in ihrem Gesicht ein strahlendes Lächeln. Sie wusste, dass die beiden Männer nur für sie turnten, um ihr eine Freude zu machen. Die anderen Menschen auf dem Bahnsteig waren gänzlich verschwunden. Es gab nur die Wraight-Brüder und Laura. Laura lachte, als wenn sie Lachgas inhaliert hätte.

Und als die gesamte Station sich in ein Naturparadies verwandelte, saß sie plötzlich auf einer Schaukel aus Blumen, deren Enden von mehreren Vögeln in der Luft gehalten wurden. All ihre Sorgen und all ihr Kummer waren verflogen.

Die Brüder machten Flip-Flops, schlugen Räder, machten Handstand und liefen auf zwei Händen vor und zurück. Sie machten Saltos in der Luft. Ja, die Wraights turnten nur für sie. Sie turnten nur für Laura.

Dann forderte einer der Brüder sie mit einer Handgeste auf, zu ihm zu kommen. Sie stieg von der Schaukel und ging auf ihn zu. Als sie seine Hand fast berührte, ging er zwei Schritte zurück und forderte sie weiterhin auf, zu ihm zu kommen. Und sie folgte ihm. Das ging einige Meter so, bis Laura ein wunderschönes Licht vernahm, welches sich seitlich näherte. So warm und so friedvoll. Laura fühlte sich von dem Licht angezogen. Sie streckte ihre Arme nach diesem aus, und die Wraight-Brüder traten beiseite.

Das Licht traf Laura mit voller Härte und tötete sie sofort.

Das Blut spritzte zu allen Seiten.

Schreie waren zu hören, und das wunderschöne Naturparadies verwandelte sich in die Bahnstation zurück. Die Schreie kamen von den wartenden Fahrgästen, die mit ansehen mussten, wie Laura freudestrahlend zur Bahnsteigkante gegangen und auf die Schienen gesprungen war. Wie sie ihre beiden Arme ausgestreckt hatte, um die hereinfahrende Metro, trotz der Warnsignale, zu umarmen.

Die Metro riss die junge Frau meterweit mit sich. Körperteile flogen durch die Luft. Und dazwischen eine weiße Energie, die durch den Unfall freigesetzt wurde. Für die Menschen unsichtbar, steuerte die weiße Substanz das Zirkusplakat an, auf dem die Gebrüder Wraight in schwindelerregender Höhe eine akrobatische Flugeinlage vollführten, und verschwand darin.

Kurz darauf wurde die Station zu einem Tatort erklärt und für die Öffentlichkeit gesperrt. Es dauerte Stunden, bis die polizeilichen Untersuchungen abgeschlossen und die Aufräumarbeiten, inklusive Lauras Überreste, beendet waren.

Die Zwillingsbrüder Wraight hatten das Treiben vom Plakat aus beobachtet. Als ein Officer das Plakat entdeckte, entfernte er dieses vorsichtig von der Säule.

„Das nehme ich als Beweismaterial mit!", sagte er zu seinem Kollegen.

„Als Beweismaterial?", fragte dieser verwundert. „Das ist doch ein ganz gewöhnliches Plakat."

„Schon, aber findest du es nicht merkwürdig, dass derzeit Menschen umkommen, die unmittelbar vor diesen Plakaten gestanden haben? Der Obdachlose vor dem Truck mit dem Tigerplakat? Der Mann, der am Observatorium gesprungen ist? Und nun die Frau hier in der Metrostation?"

„Wahrscheinlich nur Zufall."

„Vielleicht."

Morning Show

„Gestern Nacht hat sich in Los Angeles ein tragischer Unfall ereignet", sagte Lucy Lane.

Am unteren Rand des Fernsehbildschirms wurde die Breaking-News-Schlagzeile ‚*Frau von Metro überrollt – tot*' eingeblendet.

„Laut Zeugenaussagen hat eine junge Frau aus unerklärlichen Gründen das Gleisbett betreten und eine hereinfahrende Metro mit offenen Armen und einem Lächeln empfangen. Sie war sofort tot."

Eine eingeblendete Computersimulation zeigte den Ablauf der Tragödie, aber nur soweit, bis die Metro Laura rein theoretisch zerstückelt hätte. Der Rest wurde nicht simuliert. Ganz so pietätlos wollte man dann doch nicht sein.

„Die Frau war weder alkoholisiert, noch stand sie unter Drogen, aber ihr Lachen erschien vielen Augenzeugen apathisch. Ob die Frau manisch-depressiv war, ist nicht bekannt, so ein Polizeisprecher. Die Säuberung der Station und die Spurensicherung nahmen viel Zeit in Anspruch. Die rote Metrolinie fiel stundenlang aus."

Es folgten Zeugenaussagen.

„Die Frau wirkte zunächst traurig", sagte eine Frau. „Doch dann lachte sie herzhaft, ohne erkennbaren Grund. Sie tanzte in Richtung Bahnsteigkante und stieg hinab aufs Gleis. Sie schien unsichtbare Personen oder imaginäre Wesen zu sehen und diese anzulächeln."

Ein junger Heranwachsender sagte: „Jo, bevor das alles losging, da stand sie an einer Säule nahe der Rolltreppe, und dort hing, du wirst das nicht glauben, Alter, da hing so ein Plakat von diesem Zirkus. Sie wissen schon, der Zirkus mit diesem verrückten Zirkusdirektor, von dem die ganze Stadt spricht. Sam oder so. Na, jedenfalls, vielleicht könnte ja dieses Plakat all das ausgelöst haben? Wie der Typ, der beim Observatorium sich das Genick gebrochen hat, oder wie dieser Penner, der auf der Straße gelebt hat. Die hat es doch auch erwischt? Bei beiden war doch auch so ein Plakat vom Zirkus im Spiel. War doch so, oder?"

Lucy Lane erschien wieder auf dem TV-Bildschirm.

„Die Spekulationen um die Zirkusplakate nehmen zu. Wir haben versucht, den Zirkusdirektor für ein Interview zu gewinnen, damit dieser sich zu dem jüngsten Ereignis äußert, doch er stand uns nicht zur Verfügung. Er sei zu sehr mit den Vorbereitungen für die erste Vorstellung heute Abend beschäftigt. Er ließ aber ausrichten, dass er den Tod der Frau bedauere. Die Plakattheorie, die in Los Angeles kursiert und besagt, die Zirkusplakate seien für die Todesfälle verantwortlich, halte er für Blödsinn. Schließlich hingen die Werbeplakate in der ganzen Stadt verteilt. Die Wahrscheinlichkeit, dass jemand in der Nähe eines solchen Zirkusplakats sich verletzt, oder stirbt, sei statistisch betrachtet hoch. Es bestehe kein Zusammenhang zwischen den Plakaten und den Vorfällen. Sein Zirkus befreie die Menschen für eine Weile von Kummer und Sorgen und bereite ihnen Freude. Es stimme ihn traurig, dass man seinen Zirkus für die Todesfälle verantwortlich mache. Aufgrund der Verschwörungstheorie habe er die Sorge, dass es zu einer Hetzkampagne gegen seinen Zirkus kommen könnte."

Es folgten Experten, die sich zu der Plausibilität der Plakattheorie äußerten. Danach gab es einen Beitrag über eine

Demo, die gegenwärtig in der Innenstadt stattfand. Eine Demo gegen die Gefangenschaft von Tieren in Zirkussen und Zoos. Anlass der Demo war natürlich der gastierende Zirkus. Verschiedene Vereine und Verbände waren vertreten. Sie liefen mit ihren Bannern und Schildern durch die Straßen. Die Trillerpfeifen und Sprechchöre erzeugten ordentlich Lärm.

Unter den Demonstranten befanden sich auch Peter Nathan und April Harbor, die schwarze T-Shirts mit dem ARA-Logo trugen.

Ron Simon

Ron Simon hatte nicht gelogen, als er die Interviewanfrage mit der Begründung, er sei zu beschäftigt, abgelehnt hatte. Er war auf der Suche nach Special Guests für die weiteren Shows, denn bislang hatte er nur für die heutige Eröffnungsshow jemanden gewonnen: die abgemagerte Sue, die er bei der Parade durch Downtown angesprochen hatte.

Warum nicht einen der Demonstranten?, dachte er, denn nicht alle Demonstranten nahmen an der Demo teil, weil ihnen die Gefangenschaft von Tieren am Herzen lag. Der Anlass war ihnen vollkommen egal. Sie wollten einfach nur auffallen und entdeckt werden. Für Filmrollen oder als Model auf dem Laufsteg. Hauptsache, man wurde irgendwie für irgendwas berühmt, um das große Geld zu verdienen. Und wenn man am Tag der Demo nicht entdeckt wurde, so konnte man, falls man später berühmt werden sollte, immer noch sagen: Ich engagiere mich für den Tierschutz. Hier auf dem Bild sehen Sie mich aktiv demonstrieren.

Solche Menschen eignen sich ausgezeichnet.

In der Menge nach einer solchen Person suchend, liefen Peter und April ihm sprichwörtlich in die Arme. Sie waren bis zum Ende der Demo mitgelaufen und wussten sofort, wen sie vor sich hatten.

„Entschuldigen Sie bitte", sagte April, die einen merkwürdigen, schwefelartigen Geruch wahrnahm. Peter schien indes nichts zu riechen. Seine Nase zuckte nicht einmal.

Der Zirkusdirektor schmunzelte. „Aber, aber, gnädige Frau, Sie müssen sich nicht entschuldigen. Die Menschen laufen hier alle so chaotisch durcheinander, da muss es ja zwangsläufig zu Kollisionen kommen." Der Zirkusdirektor fand es erstaunlich, dass der Mensch regelmäßig Staus verursachte: auf dem Highway, bei Konzerteinlässen oder beim Betreten eines Zuges. Ameisen etwa gerieten nie in Staus, weil sie zugunsten des Kollektivs auf persönliche Vorteile wie die eigene Vorfahrt verzichteten. Obwohl dem Menschen die Ursachen für Staus bekannt waren, änderte dieser sein Verhalten nicht. Der Mensch war eben keine Ameise.

Peter wunderte sich, dass der Zirkusdirektor, der Tiere in Gefangenschaft hielt, an der Demonstration teilnahm, oder sich zumindest in deren Nähe aufhielt, und fragte skeptisch: „Sind Sie rein zufällig hier, oder gibt es für Ihre Anwesenheit einen bestimmten Grund?"

„Eine ausgezeichnete Frage", entgegnete der Zirkusdirektor. „Ich war zufällig in der Nähe, und als ich die Demo sah, bin ich natürlich neugierig geworden. So wie es aussieht, scheint mein Zirkus der Anlass der Demo zu sein. Zumindest ist er auf den meisten Pappschildern zu lesen."

„Kann man so sagen", sagte Peter.

„Ich habe da eine Idee, meine lieben Tierfreunde."

„Und die wäre?", fragte April, deren Nase weiter auf die Probe gestellt wurde. Der Geruch wollte sich einfach nicht legen. Hatte der Zirkusdirektor Mundgeruch?

„Nun, ich lade Sie in eine Show ein. Auf diese Weise lernen Sie meinen Zirkus kennen und legen vielleicht so Ihren Zweifel ab."

„Eher nicht", sagte April.

Peter schwieg.

„Wie bedauerlich. Falls Sie es sich anders überlegen, dann

wissen Sie ja, wo Sie mich finden."

Zum Abschied hob der Zirkusdirektor seinen Zylinder, verbeugte sich und ging davon.

Deal oder No Deal?

April und Peter setzten sich in ein kleines Café. Es war heiß, und ihre Körper hatten während der Demonstration viel Flüssigkeit verloren.

„Findest du den Zirkusdirektor nicht auch seltsam?", fragte April.

Peter zuckte mit den Achseln. „Er ist Entertainer, und als solcher musst du leicht verrückt sein. Oder er zieht vor den Menschen und den Kameras einfach nur eine Show ab. Wer weiß schon, wie er in Wahrheit ist, wenn er in seinem Wohnwagen sitzt und die *Maske* abnimmt."

„Zumindest hat er einen merkwürdigen Mundgeruch."

Peter reichte ihr die einzige Karte, die bei ihnen auf dem Tisch lag, und nahm für sich selbst die Karte vom unbesetzten Nachbartisch. „Weißt du schon, was du trinken möchtest?"

April schaute ihn verdutzt an. Hatte er ihr nicht zugehört? Oder interessierte ihn das Studieren der Menükarte gerade mehr? „Hast du den Mundgeruch etwa nicht wahrgenommen?"

„Ich habe diverse Gerüche wahrgenommen. Es ist Juli. In Los Angeles. Da rieche ich Parfüms, Schweißgerüche, Hundescheiße, Dope …"

„Du bist doof."

Sie lachten, und als die Kellnerin kam, gaben beide ihre Bestellung auf.

„Meinst du, wir sollten den Zirkus als Zuschauer besuchen?", fragte Peter. „Ich meine, einfach hingehen und sich die Show ansehen?"

„Ich weiß nicht. Es fühlt sich falsch an. Ich kann nicht einfach hingehen und alles ausblenden. Ich würde die ganze Zeit einen kritischen Blick darauf werfen. Auf alles."

„Genau das sollst du ja auch."

„Aber wir wollen den Zirkus doch nicht finanziell unterstützen, oder? Wenn wir eine Eintrittskarte kaufen, machen wir genau das."

„Wir können nur das kritisieren, was wir kennen. Wir müssen das Problem zuerst definieren, bevor wir es angehen können. Und wenn wir dazu ein Ticket kaufen müssen, ist das okay. Ein einzelnes Ticket bringt keine Veränderung. Egal, in welche Richtung. Die Summe ist entscheidend."

„Wir können heute Abend hingehen und uns das Ganze von außen anschauen. Wir müssen ja nicht in die Show selbst gehen", schlug April vor.

„So machen wir das!"

„So sei es, Watson!"

Marta Morosow

Marta Morosow war ebenfalls auf der Demo anwesend gewesen, obwohl sie solche Veranstaltungen zwischen all diesen Normalos hasste. Oh ja, sie hasste es, wenn diese Kreaturen sie versehentlich berührten. Das war einfach nur ekelhaft. Sie war so viel besser als *die*. Aber was machte sie nicht alles, um zu zeigen, dass sie etwas Besonderes war. Dass es ihr Schicksal war, ein Topmodel zu werden, Pardon, zu sein. Es wurde ihr quasi in die Wiege gelegt. Sie wusste, dass ihr Gesicht anbetungswürdig war und ihr Körper bei den Mitmenschen das Verlangen erweckte, mit ihr schlafen zu wollen. Sie setzte ihre Reize bewusst ein. Sie wusste, wie sie sich bewegen musste.

Dennoch wunderte sie sich, weshalb sie mit ihren zwanzig Jahren immer noch nicht am Ziel angekommen war. Noch kein heiß ersehnter Modelvertrag, der die Millionen auf ihr Bankkonto spülte. Dabei hatte sie so viele Unterstützer. So viele sagten ihr, wie wunderhübsch sie sei. Man wolle ihr helfen, wo man könne. Okay, sie musste den Leuten viel Geld bezahlen, zum Beispiel für die Fotografen, die die Bilder für ihre Bewerbungsmappe schossen. Manche gaben ihr sogar einen Preisnachlass, wenn sie den Gönnern einen netten Abend mit Happy End bescherte. Und die Modelagenturen, die es in Los Angeles wie Sand am Santa Monica Beach gab, versprachen ihr bei den Vorsprachen, dass man sehr gute Connections hätte und man regelmäßig Models für gut dotierte Modelaufträge bräuchte. Sie sei perfekt. Sie sei genau das, wonach sie alle suchten. Sie sei das

Gesicht von morgen. Und so legte sie ihnen ihre hochwertige Bewerbungsmappe mit Bildern vor und zahlte eine schmerzhafte Anmeldegebühr, um in die Modelkartei aufgenommen zu werden. Doch kaum hatte sie nach den Vorsprachen die Agenturbüros verlassen, so war sie nur noch das Gesicht von gestern. Keines der Modelagenturen hatte ihr je einen Auftrag angeboten.

Sie gab sich aber auch nicht mit jedem Auftrag zufrieden, schließlich war sie nicht irgendein Model. Mit kleinen, bedeutungslosen Aufträgen brauchte man ihr nicht kommen. Es musste ein Auftrag sein, der ihrer Person würdig war.

Die Hoffnung stirbt zuletzt, dachte sie. Und da sie sich nicht auf andere verlassen wollte, ergriff sie jede Option, die sich ihr auftat, um aufzufallen. Sie opferte sich. Sie hatte sich in die eklige Masse der Demonstranten – die herumbrüllten und nach Schweiß rochen – eingefügt. Immer mit der Hoffnung, entdeckt zu werden.

Am Ende der Demo wurde sie für ihren harten Einsatz belohnt. Nachdem sie ein Selfie von sich in der Menge geknipst und auf ihren Facebook-Twitter-Instagram-und-Co.-Seiten veröffentlicht hatte – ach ja, und natürlich auf ihrer eigenen Homepage, denn wer etwas von sich hielt, musste eine Homepage haben –, stand plötzlich der Zirkusdirektor vor ihr und lächelte sie schräg an.

„Wer sind Sie?", fragte Marta. Sie musste keine Leute kennen, die für ihre Karriere nicht förderlich waren. Es reichte, dass man wusste, wer sie war. Aber das waren nicht viele.

„Ich bin Ron Simon, der Zirkusdirektor", sagte ihr Gegenüber, der seinen Zylinder abnahm und höflich einen Knicks machte.

Sie scannte ihn von oben bis unten ab und fragte sich, was der komische Mann mit dem schwefelartigen Mundgeruch von ihr wollte.

„Jetzt erkenne ich Sie. Sie haben mit ihrem Zirkus die Innenstadt lahmgelegt, und man spricht über Sie wegen dieser bizarren Todesfälle."

Ron Simons Lächeln verschwand, kam aber schnell wieder zurück. „Ja, genau der bin ich."

„Was wollen Sie von mir, Mister?", fragte Marta genervt. Sie empfand seine Begegnung als Zeitverschwendung.

„Aber, aber, meine Dame, ich denke, ich kann Ihnen behilflich sein."

„Das kann ich mir nicht vorstellen."

„Ich denke doch. Wie wäre es, wenn ich Sie zu einer meiner Shows einlade? Als Special Guest? Aber nicht zu irgendeiner Show, sondern zu einer Charity-Veranstaltung. Eine exklusive Show für die armen Seelen aus Skid Row."

Marta hasste den Zirkus als solchen. Die Tiere, die nach Urin und Kot stanken und in der Manege den Staub aufwirbelten. Die nervige Musik, die all die Zeit im Hintergrund dudelte. Und dann noch ein ganzes Zelt gefüllt mit obdachlosen Pennern und Junkies, die ekliger waren als diese ohnehin schon nervigen Normalos.

No way, dachte sie.

„Suchen Sie sich jemand anderes, Sir."

„Das ist aber schade. Die Charity-Veranstaltung wird, neben der Eröffnungsshow heute Abend, nämlich für ein großes Aufsehen in der Stadt sorgen. Man wird Sie in den Zeitungen ablichten. Man wird Ihren Namen nennen und …"

Er musste nicht weiter argumentieren.

„Ich mach's!", kam es aus Marta hervor. „Ich bin genau

die Richtige für Ihr Anliegen."

Ron Simon lächelte bis zu den Ohren. Wie berechenbar die Frau doch war. Er hatte bereits gewusst, dass sie seiner Einladung folgen würde.

„Aber unter einer Bedingung", schob sie hinterher, woraufhin Ron Simon zunächst irritiert dreinschaute. Doch dann fragte er amüsiert: „Eine Bedingung? Ich bin ganz Ohr."

„Sie müssen mich bei den Medien und im Zelt als erfolgreiches Model aus Europa ankündigen."

„Gewiss", sagte er. „Sie sind ein erfolgreiches Model, glauben Sie mir. Nach diesem Abend werden Sie sehr berühmt sein. Das verspreche ich Ihnen. Eine Hand wäscht die andere."

„Darf ich das auf meinen Seiten ankündigen?"

„Aber gewiss doch. Ich denke, das kann nicht schaden", sagte er. Dann lachte er laut. Marta Morosow fand sein Lachen unheimlich, ein wenig dämonenhaft, aber sie wusste, dass sie vor ihrem großen Durchbruch stand, und lachte mit.

Sue

Nervös blickte sie auf das knochige Gebilde im Spiegel ihres Schlafzimmerschranks. Früher hatte sie jeden Tag trainiert und diszipliniert gegessen. Doch ihr Bestreben, Schauspielerin zu werden, war ein langer Weg voller Hindernisse und Niederlagen gewesen, und jede Niederlage hatte an ihrer Seele gezerrt und sie innerlich zerrissen, sodass sie immer seltener zu Castings gegangen war; sich dazu kaum noch aufraffte. Irgendwann mied sie die Castings gänzlich. Sie fiel in eine tiefe Depression, schluckte Tabletten, war ständig müde; und ihr Gedächtnis wurde löchrig wie ein Sieb.

Nach all den Jahren musste sie feststellen, dass die erbrachten Opfer vergebens waren. Die verlorenen Freunde, weil sie nie da war. Ihre verstorbenen Eltern, für die sie keine Zeit hatte, zu trauern und deren Grabstätte zu besuchen. Ihre Gesundheit und Schönheit, weil sie ihrem Körper viel abverlangte, aber nichts zurückgab, außer Magersucht, Pillen und schlaflose Nächte.

Sie hatte noch nie mit einem Mann oder einer Frau geschlafen, sie wusste nicht, wie sich die wahre Liebe anfühlte. Ihr geplatzter Traum, Schauspielerin zu werden, hatte stets die oberste Priorität eingenommen. Jetzt war sie vierunddreißig Jahre alt, wirkte aber älter. Ihr bisheriges Leben konnte so nicht weitergehen, das wusste sie, doch es gelang ihr nicht, ihr Leben neu zu definieren und neue Träume und Ziele zu setzen.

Am Tag der spontanen Zirkusparade durch Downtown wollte sie, wie fast jeden Tag, zuerst nicht vor die Haustür gehen. Umso mehr war sie jetzt froh, rausgegangen zu sein, denn sonst hätte der Zirkusdirektor sie nicht angesprochen.

Ein kleiner Traum wurde wahr.

Es waren nur noch wenige Stunden bis zu ihrem Auftritt und sie musste die passende Garderobe finden. Sie öffnete den Kleiderschrank, nahm verschiedene Kleidungsstücke heraus, hielt diese vor ihrem mageren Körper und betrachtete sich von allen Seiten im Spiegel. Am Ende fand sie ein Kleid, welches ihrer knochigen Figur schmeichelte und in dem sie sich weiblich fühlte. Es sollte ihr unvergesslicher Abend werden. Sie wollte sich wieder lebendig fühlen und hoffte, nicht enttäuscht zu werden.

Nicht schon wieder.

Der Einlass

Die Menschen sind so berechenbar, dachte Ron Simon. *Sie bezeichnen sich als zivilisiert und gebildet, dabei sind sie nichts weiter als Tiere. Geleitet von ihren Trieben.*

Normalerweise waren die Kameras auf das Stadion der Los Angeles Dodgers gerichtet. Doch heute Abend standen sie mit dem Rücken zu diesem und filmten den Zuschauerstrom, der sich zu den beiden Kassenhäuschen quetschte. Dahinter drückten Shauna und die Gebrüder Wraight den Zuschauern Programmflyer in die Hand. Im Hintergrund dudelte die Zirkusmusik leise vor sich hin.

Abseits des grauen und tristen Alltags in Los Angeles glich das Zirkusgelände einer Märchenwelt. Im Mittelpunkt stand das Zelt; und drumherum die bunt verzierten Zirkuswagen. In einer Ecke gab es einen verwunschenen Wald, in dem die Freakshow auf einen wartete. Um hineinzugelangen, musste man zwischen zwei mysteriöse nebeneinanderstehende Bäume hindurchgehen und darauf achten, nicht über die verdrehten Wurzeln zu stolpern, die aus dem Boden ragten. Die zur Schau gestellten Kreaturen hatten unterschiedliche Missbildungen und die sonderbarsten Mutationen. Ein Wolfsmensch. Eine Frau mit Vollbart, und eine mit zwei Köpfen. Ein Mann mit einem kleinen Zwiebelkopf auf dem Hals. Ein Mann mit eintausend dicken Warzen auf dem Körper und einem merkwürdigen Geschwürlappen über der linken Gesichtshälfte. Eine Frau mit großen, klumpigen Beinen, Füßen, Armen und Händen; überzogen mit einer Elefantenhaut. Ein junger Mann ohne Muskelgewebe, der wie ein Skelett aussah, an dem lose Hautlappen herunterhingen. Ein Mann mit Krabbenscheren statt Menschenhände. Und so weiter.

Die meisten Attraktionen standen einfach nur da und ließen sich begaffen; nur wenige boten eine kleine Show. Wie etwa der durchgedrehte, glatzköpfige Mann, dessen Körper mit Tattoos und Piercings übersät war, er hämmerte sich Nägel in die Nase und bohrte sich Schrauben und einen Fleischerhaken durch die Zunge.

Aber auch auf dem Platz vor dem Zirkuszelt boten einige Artisten kleine Showeinlagen. Madame Madusa saß an einem Tisch vor ihrem Bauwagen. Sie las aus den Händen der Besucher, legte ihnen die Karten oder blickte in die Glaskugel, in der lila Nebel umherkroch und es überall blitzte. Rufus stand am Hau-den-Lukas, wo die Gäste ihre Schlagkraft unter Beweis stellten (oder auch nicht). Und der Magier und Illusionist, der große Rossini, brachte begeisterten Kindern kleine, leicht zu erlernende Zauber- und Balanciertricks bei.

Es lief sogar eine männliche Pantomime umher, die ein unsichtbares Seil hinaufkletterte und dann hinter einer unsichtbaren Mauer oder Glaswand feststeckte. Gehörte wohl zum Standardprogramm einer jeden Pantomime.

Der Gorilla Garagon hockte genervt in der hintersten Ecke des umgebauten Bauwagens, der als Käfig fungierte, er musste die Menschen ertragen, die ihn begafften, sich lautstark unterhielten oder mit den Händen wild gestikulierten. Wie es dem Gorilla dabei erging, interessierte niemanden.

Garagon war riesig und der größte in Gefangenschaft lebende Gorilla. Noch saß er friedlich da. Doch beim ersten

Anzeichen von Aggression würde der Dompteur die Besucher wegschicken und den Bauwagen blickdicht machen. Damit das Tier zur Ruhe kam.

„Mami, warum steckt der komische Vogel seinen Kopf nicht in den Sand?", fragte ein kleines Mädchen ihre Mutter. „Das machen die doch?"

Ihre Mutter lachte.

Ron Simon, der die Frage gehört hatte, kam hinzu.

„Der Sand ist hier nur aufgeschüttet und nicht tief genug; und darunter ist Beton, da kommt der Vogelstrauß mit dem Kopf nicht durch. Zudem bezweifle ich, dass ein Strauß seinen Kopf tatsächlich in die Erde steckt."

Die Kinder konnten ihre Gesichter mit lustigen Tiermotiven bemalen oder sich dabei helfen lassen. Sie konnten eine Runde mit den Ponys drehen und die Rüssel der Elefanten streicheln.

Und überall roch es nach Popcorn und Karamell.

Los Angeles war ganz weit weg; und für viele Besucher auch der Tierschutz. Von all den Reizen geblendet, waren die Zuschauer zahm, gehirnlos und ohne schlechtes Gewissen. Sie wollten einfach nur bespaßt werden; und nach und nach zog es sie zu ihren Plätzen im Zirkuszelt. Die Rufe und Trillerpfeifen der Demonstranten außerhalb des Zirkusareals vernahmen sie nicht. Zudem war das Zirkusgelände von einem Sichtschutz umgeben, um neugierige Blicke auszuschließen.

April ließ sich vom Sichtschutz jedoch nicht aufhalten. Sie saß auf Peters Schultern und hatte freie Sicht. Sie knipste Bilder vom Zelt und den Tieren, die in ihren Käfigen steckten oder freistehend angekettet waren.

Dies blieb natürlich nicht unbemerkt.

Das ist doch die rothaarige Tierschützerin mit dem beleibten jungen Mann an ihrer Seite, die mir auf der Demo in die Arme gelaufen sind, dachte der Zirkusdirektor, während er zufrieden über das Zirkusgelände umherlief und die begeisterten Zuschauer beobachtete. Doch er hatte nicht vor, April das Fotografieren zu unterbinden. Er registrierte ihre Neugier mit großer Befriedigung. Schon bald würde er auf die beiden zukommen. Ja, das würde er, aber nicht heute, denn jetzt ging die Eröffnungsshow los.

Dann wollen wir mal.

Die Eröffnungsshow

Die Zuschauer nahmen ihre Plätze ein. Die Wartezeit ging rasch vorüber.

Obwohl die Sonne draußen erbarmungslos auf das Zelt knallte, war es drinnen angenehm kühl. Wie es zu der wohltuenden Temperatur kam, blieb den Zuschauern vorenthalten. Ventilatoren oder eine Klimaanlage suchte man vergebens.

Die Manege wurde abgedunkelt, die Spannung stieg. Und als die Musik erlösend einsetzte, ertönte auch Ron Simons Stimme.

„Haaaaaalllooooo, Los Angeles. Es ist mir eine Freude, hier zu sein, in dieser wundervollen Stadt der Engel."

(*jubelnder Applaus*)

Ein Scheinwerfer holte den Zirkusdirektor aus der Dunkelheit hervor, während der Rest der Manege weiterhin im Verborgenen blieb.

„Es hat sich in den letzten Tagen herumgesprochen, dass wir hier gastieren. Und ich freue mich, dass Sie so zahlreich erschienen sind. Wir sind heute Abend restlos ausverkauft. Ich verspreche Ihnen, so wahr ich hier stehe, dass wir Ihnen *Die größte Show auf Erden* bieten werden. Sie werden diesen Abend nicht vergessen. Es wird Sie umhauen. Dagegen sind Facebook, Instagram, Google, YouTube, Amazon und Netflix ein Witz."

(*das Publikum lacht*)

„Ja, ich weiß, ich lege die Messlatte sehr hoch, aber nicht ohne Grund. Dass unser Zirkus im einundzwanzigsten

Jahrhundert so erfolgreich ist, kommt nicht von ungefähr. Wir bieten Ihnen etwas Unvergessliches: diverse Tierarten, sexy und gut gebaute Akrobaten, lustige Clowns, einen richtigen Magier und …"

Er pausierte.

„… wir haben in jeder Show einen Special Guest aus Ihren Reihen, der bei einer Aktion im Mittelpunkt stehen wird."

Sue hielt ihre geballten Hände auf Herzhöhe und klopfte diese vor Freude gegeneinander. Dabei schaute sie nervös zu ihren Sitznachbarn, die wie hypnotisiert den Zirkusdirektor in der spärlich erleuchteten Manege anvisierten.

„Aber ich will Sie nicht volltexten", fuhr Ron Simon fort. „Das sagt man im einundzwanzigsten Jahrhundert doch so, nicht wahr?"

(das Publikum lacht)

„Ich möchte lieber die Show für uns sprechen lassen. Doch dafür brauche ich Ihre Hilfe, egal, ob jung oder alt, denn der Zirkus hat ein Eigenleben."

(*Raunen und Gekicher*)

„Wirklich! Glauben Sie mir. Der Zirkus ist ein launisches Wesen. Wenn der Zirkus keine Lust hat, dann gibt es keine Show. Wir müssen ganz laut Klatschen. Etwa so."

Er klatschte in einem Rhythmus, und die Zuschauer stiegen ein.

„Sehr gut. Und jetzt bitte dabei mit den Füßen auf den Boden stampfen."

Das Publikum machte brav mit, auch dann, als der Zirkusdirektor die Geschwindigkeit erhöhte.

„Und jetzt machen Sie Krach, als wenn Sie auf einem Konzert wären und von der Band eine Zugabe verlangen."

Das Zelt verwandelte sich in einen Hexenkessel. Noch bevor die Show begonnen hatte, war die Stimmung überragend. Das Anfeuern der Zuschauer brachte den ersehnten Erfolg. Mit einem Knall wurde Licht, und die Manege erweckte zum Leben. Das Orchester, welches auf dem Balkon oberhalb des regenbogenfarbenen Artisteneingangs seinen Platz hatte, setzte mit der Musik ein.

Das Publikum raunte vor Erstaunen, als die Artisten und die ungefährlichen Tiere zur Begrüßung in die Manege traten (Die Löwen und Tiger beließ man lieber in den Käfigen im Backstagebereich, da diese sonst nur die Zuschauer auffressen würden). Sie alle drehten eine Runde durch die Manege und verschwanden wieder durch den Artisteneingang. Lediglich die beiden Clowns Bill und Phil tanzten aus der Reihe und sprangen über die Manegenkästen. Die Zuschauer zuckten und schauten nervös um sich, wenn einer der beiden Clowns sich ihnen näherte, mit der Erwartung, dass gleich ein Schabernack getrieben werden würde, aber die Clowns spielten nur mit den Nerven der Gäste. Sie hielten lediglich ihre großen runden Nasen in deren Gesichter, ehe sie wieder brav in die Manege zurückkehrten.

Die Show bot alles auf, was man von einer klassischen Zirkusveranstaltung erwartete. Tiger, die durch Feuerreifen sprangen. Elefanten, die Männchen machten. Kalifornische Seelöwen, die große bunte Bälle auf der Nase balancierten. Und Pferde, auf deren Rücken Akrobaten turnten.

Die Akrobaten der Lüfte, die Gebrüder Wraight, vollführten unter dem Zeltdach halsbrecherische Figuren. Die Clowns Bill und Phil fuhren auf Einrädern, bewarfen sich gegenseitig mit Torten und stolperten über ihre übergroßen Schuhe. Und der Magier und Illusionist, der große Rossini, zerstückelte seine Assistentin in drei Teile.

Nach drei Stunden trat Ron Simon ein weiteres Mal in die Manege, und als der Applaus und das Gegröle abklangen, wurde es im Zelt mucksmäuschenstill. Ron Simon genoss diese Ruhe. Er inhalierte sie, atmete tief ein und aus, ehe er sich an das Publikum wandte.

„Meine Damen und Herren, jetzt darf ich unseren Special Guest des Abends begrüßen. Eine bezaubernde Frau, auf die ich mich ganz besonders freue. Ihr Name ist Sue."

Applaus vom Publikum, welches das Orchester musikalisch untermalte.

„Sue, bitte kommen Sie zu mir herunter."

Sue erhob sich von ihrem Platz, bahnte sich ihren Weg an den Zuschauern vorbei und ging langsam die Stufen hinunter. Ihre Knie waren ganz weich vor Aufregung. Sie stieg über den Manegenkasten und ergriff die vom Zirkusdirektor angebotene Hand.

Die Musik stoppte.

„Wie geht es Ihnen, Sue? Sind Sie aufgeregt?"

Der Special Guest nickte. Sie brachte kein Wort heraus. Sie war wahrhaftig gerührt und nervös, was dem Publikum nicht verborgen blieb.

„Das brauchen Sie nicht, meine Liebe, denn Sie sind der Star, und ich liege Ihnen zu Füßen." Er kniete sich hin und küsste ihre Hand. Sue wusste nicht, wie ihr geschah.

Die Zuschauer raunten und jubelten, und das Orchester begann, einen Walzer zu spielen.

„Wollen wir tanzen?" Ohne auf eine Antwort zu warten, schnappte er sich Sue und drehte mit ihr einige Runden in der Manege.

Sue war hin und weg. Nicht nur, weil das Drehen ihr in

die Birne stieg, sondern weil sie erfuhr, wie sich die Frauen in den Hollywoodfilmen fühlten, wenn ein Verehrer ihnen den Kopf verdrehte. Sie wusste, dies war nur eine Show, aber sie stand im Mittelpunkt; und sie genoss es. Sie war heute ein Star.

Obwohl nur eine Nasenspitze von Ron Simon entfernt, vernahm sie seinen merkwürdigen, schwefelartigen Mundgeruch jedoch nicht. Sie registrierte auch nicht, wie sich die Gesichter der lachenden Zuschauer in unmenschliche, dämonenhafte Fratzen verwandelten. Vermutlich eine Illusion, denn welche unsichtbare Substanz auf der Welt war dazu in der Lage, solch eine anatomische Verwandlung zu vollführen? Binnen von Sekunden? Zumal Sue davon unberührt blieb.

Ron Simon beendete den Tanz und führte Sue zu einer zwei mal zwei Meter großen Wand, die während des Tanzes aufgebaut worden war; mit einer aufgemalten Zielscheibe darauf.

Sue bekam einen Lachflash, und sie spürte eine weitere Hand; diese war weich wie Seide. Es war Shaunas Hand. Die Assistentin drückte Sue gegen die Zielscheibe und band ihre Hand- und Fußgelenke an dieser fest. Wehrlos angebunden, stellte Sue sich mit geschlossenen Augen vor, dass es die Hände eines gutaussehenden Verehrers waren, die sodann über ihren Körper auf- und abwanderten, wie diese über ihren Hintern, über ihre schlanke Taille und über ihre kleinen Brüste glitten. Wie der Verehrer ihren Hals küsste. Sie vergaß die Welt um sich herum, und die Tatsache, dass im Zelt auch Kinder saßen. Sie rekelte sich und stöhnte. Shauna war richtig gut.

So fühlte es sich also an, begehrt zu werden. Und darauf

hatte sie ihr Leben lang verzichtet? Sie kannte Sex nur aus Büchern und Filmen (und aus Pornos, die sie aus Neugier konsumiert hatte, obwohl die ihr zu stumpf und zu hart waren). Sie hatte die Bücher von *Shades of Grey* verschlungen und davon geträumt, Anastasia, die Protagonisten der Bücher, sein zu dürfen. Doch die Angst, jemanden körperlich an sich heranzulassen, war größer. Sie hatte Angst vor möglichen Konsequenzen wie Aids, Schwangerschaft oder Liebeskummer. Zugunsten ihres im Nachhinein nicht erfüllten Traumes, eine erfolgreiche Schauspielerin zu werden, hatte sie erotische Erfahrungen und sexuelle Abenteuer ausgeschlossen. Sie hatte Sex bisher immer mit einer Beziehung gleichgesetzt und nicht mit zufälligen Begegnungen. Aber jetzt, in ihrem berauschten Tunnelblick, war sie bereit, jemanden zwischen ihren Schenkeln zu empfangen. Egal, wen; und das vor all den Zuschauern.

Aber dazu kam es nicht. Denn in der Liebe existierte eine Komponente, die Sue bis zu diesem Abend noch nicht in dieser Dimension erfahren hatte: Schmerz!

Die Hände ließen von ihr ab.

Die Musik stoppte.

Trommelwirbel.

Kurz darauf vernahm Sue einen Windhauch und ein lautes *POCK* neben ihrem linken Ohr. Sie öffnete die Augen. Der Zirkusdirektor und Shauna waren aus ihrem Sichtfeld verschwunden. Dafür hatte Rufus, der stärkste Mann der Welt, Position bezogen und ein Messer auf die Zielscheibe geworfen. Bei dem Gedanken, dass das Messer ihren Schädel nur wenige Millimeter verfehlt hatte, bekam sie erneut einen Lachflash.

Die von Dämonen besessenen Zuschauer, mit ihren verzerrten Gesichtern, lachten hemmungslos. Alle waren gut drauf und genossen, was sie sahen. Es gab keinen Protest. Niemand regte sich auf oder verließ die Show.

Sue vertraute darauf, dass Rufus wusste, wie er die Messer werfen musste. Und er beherrschte sein Handwerk, in der Tat. Er traf genau dort, wo er treffen wollte. Er beschloss, den zweiten Wurf in ihr Handgelenk zu setzen, und das Messer traf das gewünschte Ziel.

Blut strömte aus, und das Publikum applaudierte.

Messer Nummer drei durchbrach Sues Bauchdecke, und Messer vier durchbohrte ihren Hals. Sie spuckte Blut, ihr Hals war voll davon; und obwohl ihr Herz und ihr Kreislauf mit dem Blutverlust kämpften, lachte sie. Ein Rasseln in ihrer Atmung, die kaum noch vorhanden war. Sie bekam kaum noch Luft. Und dennoch: Sie lachte und lachte.

Messer fünf stach direkt in ihr Herz. Ihre fröhlichen Augen quollen hervor.

„Oh, Clowns", flüsterte sie mit dünner, bluterfüllter Stimme, als Bill und Phil mit einer Trage die Manege betraten. „Die sehen ja lustig aus."

Niemand konnte sie verstehen. Sie war zu schwach, um noch wirklich reden zu können. Es kam eher lauten Gedanken gleich. Ihr Mund und ihr ganzes Kinn waren blutverschmiert. Noch bevor ihr Herz aufhörte zu schlagen und ihre Sicht verschwamm, bohrte sich ein Messer in ihren Schädel.

Das Publikum tobte und klatschte, und das Orchester untermalte die Stimmung mit passender Musik.

Aus Sues Körper traten winzige weiße Lichter hervor, die wie feiner Sternenstaub durch die Luft tanzten. Sie wurden von der Glaskugel angezogen, die als Knauf am oberen

Ende von Ron Simons Stock saß, und ließen sich in dieser nieder. Die Glaskugel leuchtete dabei auf, was Ron Simon sehr zufrieden stimmte.

Rufus verließ die Manege und ließ sich vom Publikum feiern. Bill und Phil, die nun wie blutrünstige, finster dreinschauende Zombieclowns aussahen, entfernten derweil die Messer aus Sues Körper. Dabei löste sich Sue von der Zielscheibe und fiel ihnen in die Arme. Sie legten die tote Frau auf die Trage und steuerten den regenbogenfarbenen Artisteneingang an, der sich in ein grimmiges, furchteinflößendes Clownsgesicht mit leuchtenden Augen verwandelte. Als Bill und Phil mit Sue durch dessen Mund mit messerscharfen Zähnen verschwanden, stieß das Clownsgesicht ein dämonenhaftes Lachen aus.

Und wiedergesehen wurd' Sue nimmermehr.

Nach der Show verließen die Zuschauer euphorisiert das Zelt. Sie waren sich alle einig, dass dies definitiv *Die größte Show auf Erden* war.

Die Showeinlage mit Sue als Special Guest war jedoch nicht zu ihnen vorgedrungen. Dafür hatte der Zirkusdirektor gesorgt. Während Sue gepeinigt worden war, hatte er die Zuschauer auf magische Weise in Trance gesetzt. Sues Auftritt sollte für immer ein Geheimnis bleiben. Augenzeugen waren allein seine Zirkusangestellten.

Was im Zelt geschah, blieb im Zelt.

Ein neuer Morgen

Peter und April verfassten gerade einen Text für ihre Internetseite und suchten aus den Bildern, die April gestern über den Sichtschutz des Zirkus hinweg geknipst hatte, die passenden aus, als im Hintergrund Steve Daran und Lucy Lane, die Moderatoren der Morning Show, einen Beitrag über Ron Simons Zirkus brachten, und so die Aufmerksamkeit der beiden jungen Tierschützer gewannen.

„Glaubt man den Aussagen der Zuschauer, die der Veranstaltung beigewohnt haben, so war die gestrige Eröffnungsshow ein voller Erfolg", sagte Steve Daran.

Man zeigte überglückliche und freudestrahlende Menschen, die das Zirkuszelt verließen und sich zu ihren Autos begaben.

„*Hammer!*"

„*Atemberaubend!*"

„*Kann jedem nur die Show empfehlen.*"

„*Ich kann nicht mehr vor Lachen.*"

„*Einfach nur ...*", schrien sie euphorisch in die Kamera. Ihre apathischen Lachanfälle sollten am nächsten Tag für Muskelkater im Kiefer und in den Bauchmuskeln sorgen.

Aber gute Nachrichten fesselten die Fernsehzuschauer nicht auf Dauer, daher wurden umgehend die Schattenseiten angesprochen.

„Trotz des Erfolges spaltet der Zirkus die Einwohner von Los Angeles; und über die Stadtgrenzen hinaus. Die Anzahl der Demonstranten, die vor dem Zirkus protestieren, nimmt zu. Man lässt seinen Unmut gegen die Gefangenschaft von Tieren freien Lauf. Glücklicherweise wurden die Zirkusbesucher, die zur Show wollten, in Frieden gelassen. Handgreiflichkeiten oder Blockaden blieben aus."

Aber da waren ja auch noch die Zirkusplakate.

„Leider ereignete sich zur gleichen Zeit ein trauriger Zwischenfall", übernahm Lucy Lane die Ansage. „Eine Frau, Anfang fünfzig, ist gestern Nacht ums Leben gekommen. Die Frau war …"

Mr. Big

Das Konzert war beendet, und die Zuschauer verließen die Walt Disney Concert Hall wie Ameisen ihren Bau. Einige von ihnen entfernten sich rasch. Schnell in das eigene Auto und nichts wie weg. Andere blieben und verweilten im Blue Ribbon Garden, ein öffentlicher Park neben der Konzerthalle. So auch Rebecca und Vera, beide um die fünfzig. Sie lachten und kicherten wie kleine Kinder. Die anderen Gäste drehten sich schon nach ihnen um.

„Ich freue mich für dich", sagte Rebecca zu ihrer frisch verliebten Freundin, auch wenn ihr die freudige Nachricht schmerzte, denn ihr eigenes Liebesglück blieb aus. Schon seit Jahren.

„Ich danke dir. Du wirst deinen Mr. Big auch noch finden, da bin ich mir sicher", sagte Vera. „Wie Carrie in *Sex and the City*."

„Ich fange so langsam an, an mir zu zweifeln."

„Das brauchst du nicht. Du bist verdammt hübsch, erfolgreich, und du hast etwas im Kopf."

„Deswegen rennen ja alle vor mir weg. Das macht ihnen Angst. Zumindest den reifen Männern. Die jungen Burschen ziehe ich dagegen an wie ein Magnet."

Die beiden Frauen lachten erneut, aber dieses Mal hielten sie sich die Hände vor ihre Münder; wie tratschende, pubertierende Teens, die etwas Peinliches gesagt hatten, aber niemand davon etwas mitbekommen sollte.

Nach weiteren Minuten des Kicherns und des Lachens trennten sie sich. Vera hatte ihren Wagen im Parkhaus in der 2nd Street geparkt. Rebecca war mit dem Taxi gekommen, weil ihr Wagen in der Werkstatt stand.

„Soll ich dich wirklich nicht nach Hause bringen?", hatte Vera noch zum Abschied gefragt, aber Rebecca wollte noch nicht gehen. In Ihrer Villa war sie allein. Niemand würde sie dort erwarten. Kein Hund, nicht einmal eine Katze. Hier, im Blue Ribbon Garden, war sie unter Menschen. Es war ein wunderbarer Abend bei klarem Nachthimmel. Sie würde später wieder ein Taxi nehmen.

Und so stand Rebecca allein vor der großen Rosenskulptur, die als Brunnen fungierte, angefertigt aus Tausenden von Porzellanscherben. Die Rose war genauso schön wie die Walt Disney Concert Hall. Während die meisten Gebäude in Los Angeles eckig, kantig und starr waren, stach die Konzerthalle durch ihre glitzernde und geschwungene Form hervor. Sie wirkte wie eine aufgehende Stahlblüte, wie ein Segel im Wind oder wie eine Ansammlung ausgerollter Stoffrollen.

So fremdartig die Konzerthalle in Los Angeles' Gebäudelandschaft herausstach, so fremd fühlte sich Rebecca in der Welt der Liebe.

Adam und Eva.

Mars und Venus.

Sie wusste, dass die runde Frauenwelt nicht immer mit der kantigen Männerwelt harmonierte, aber sie selbst fühlte sich wie eine Anomalie. Sie war geschäftlich erfolgreich, verdiente mehrere Hunderttausend Dollar im Jahr, hatte ein hübsches Gesicht, wundervolle Haare und die Figur eines Models. Dafür ging sie eigens ins Fitnessstudio und machte Zuhause Work-outs. Und dass trotz der unzähligen Arbeitsstunden pro Woche im Büro. Sie kaufte für viel Geld

Produkte, die ihr versprachen, jung auszusehen und sich jung zu fühlen, obwohl sie sich auch ohne diese Produkte wie vierzig fühlte.

Und noch jünger fühlte sie sich, wenn sie sich mit deutlich jüngeren Männern in Restaurants, im Theater oder bei besonderen Anlässen blicken ließ oder mit ihnen daheim im Bett landete. Ja, es war großartig, wie die Männer ihr den Verstand aus dem Gehirn vögelten, aber nach dem Durchnudeln blieben die weiteren Aufmerksamkeiten und die Perspektive der Zukunftsplanung auf der Strecke. Nach kurzer Zeit war *Mann* mit der Begründung verschwunden, dass sie doch zu alt sei und man(n) eine Beziehung mit einer gleichaltrigen Frau bevorzuge.

Nein, nicht noch einmal so einen Jungspund.

Wie zuletzt den achtunddreißigjährigen David aus San Diego. Sie hatte ihn vor einem halben Jahr auf Hawaii kennengelernt. Sie verstanden sich auf Anhieb und landeten noch am selben Abend bei ihr im Hotelbett. Den Geschlechtsverkehr unterband sie, weil es ihr dann doch zu schnell ging und die Angst über sie kam, enttäuscht zu werden; mal wieder. Am nächsten Tag musste er bereits abreisen, und sie gab ihm ihre Telefonnummer. Sie schrieben sich regelmäßig und telefonierten stundenlang. Drei Wochen später hatte er sie so weit und besuchte sie für ein Wochenende in Los Angeles. Die meiste Zeit verbrachten sie im Bett. Sie genoss seine Stehkraft. Aber nach zwei weiteren Treffen war das wieder vorbei. Er hatte sich nie wieder gemeldet.

Die Männer in ihrem Alter empfand sie wiederum zu steif, zu sesshaft und nicht flexibel genug. Die waren keine Alternative. Was sollte sie machen?

Vielleicht doch wieder einen jungen Mann?

Ich brauche einen Drink, aber Daheim.

Sie wollte nicht mehr länger im Park verweilen und ging zur nahegelegenen Busstation, wo sie auf ein vorbeifahrendes Taxi hoffte.

Sie interessierte sich nicht für das Zirkusplakat, welches am Wartehaus der Busstation hing, und so fragte sie sich auch nicht, ob zuvor noch etwas Anderes darauf abgebildet gewesen war, als nur der Dschungel. Ein Tier vielleicht. Doch ganz gleich, ob Rebecca es wissen wollte oder nicht, die Antwort kam zu ihr.

Wer schnauft da hinter meinem Rücken und pustet mir in die Haare? Und dieser Gestank. Ein Penner? Ein Junkie?

Noch bevor Rebecca hinter sich schauen konnte, wurde sie von einer großen, braunen Hand gepackt, die ihren Rumpf vollständig umfasste, und in die Luft katapultiert. Die Hand führte sie zu einem dunkelhaarigen Gesicht.

King Kong!

Zwar hatte Rebecca gehofft, von ihrem Mr. Big stürmisch erobert zu werden, aber nicht auf diese Weise; und schon gar nicht, wenn es sich bei Mr. Big um ein derart behaartes Monster handelte.

Sie wurde vom Gorilla auf dem Dach des Konzertgebäudes abgesetzt.

Der Affe inspizierte die Frau von allen Seiten, beschnüffelte sie und glitt mit einem seiner riesigen Finger vorsichtig über ihr Haar. Er fragte sich, was für ein *Etwas* er da vor sich hatte. Seine Neugier, Rebecca zu begutachten, also dieses Etwas, war riesig, doch der Schrei, der von ihr, also diesem Etwas, ausging, war echt nervig. Dieses Etwas wollte einfach nicht aufhören, zu kreischen.

Der Gorilla stupste es mit einem Finger an, und dieses Etwas fiel zu Boden, rollte ein Stück das Dach hinunter und blieb liegen. Dann schnappte er sich das Etwas und warf es in die Luft. Vielleicht konnte es ja fliegen? Aber als er merkte, dass dieses Etwas wie ein Stein fiel, fing er es mit der Hand auf und ersparte Rebecca einen harten Aufschlag.

Der Gorilla forderte das Etwas auf, ihn zu unterhalten, aber dieses Etwas ohne Fell rannte zu der Dachkante, die vom Gorilla aus gesehen am weitesten entfernt war. Und es hörte partout nicht auf zu schreien.

Der Gorilla hatte schließlich genug und wollte das schreiende Ding einfach nur noch loswerden. Und so schnappte er sich diese Etwas und warf es auf die Straße. Noch im Fallen, kurz vor dem Aufschlag auf dem Asphalt, wurde Rebecca von einem fahrenden Bus erfasst. Sie knallte wie ein Vogel in die Frontscheibe, die nicht zerbarst, sondern wie ein labbriges Mosaikgebilde zusammenhielt. Die Scheibe sah aus, als ob ein vierjähriges Kind diese hilfsbedürftig zusammengeklebt hätte.

Was zum ...!, fluchte der Busfahrer erschrocken und verärgert zugleich. *Wahrscheinlich eine Drogenbraut oder so! Verdammter ...!*

Er stieg aus dem Bus und sah nach der Frau. Einen Anblick, den er sich gern erspart hätte. Die Frau rührte sich nicht. Sie atmete nicht. Ihr zerschnittenes Gesicht war Blut überströmt, ihre Gliedmaßen mehrfach gebrochen. Schon interessant, wohin der Arm nach solch einem Aufprall zeigen konnte; oder der Fuß. Wie bei den anderen Opfern zuvor, verließ eine weiße Energie Rebeccas Körper, schwebte zur Busstation und verschwand über das dort hängende Zirkusplakat. Auf dem Plakat war Garagon, der größte in

Gefangenschaft lebende Gorilla, in einem dichten Dschungel zu sehen.

Einer der Augenzeugen alarmierte mit dem Smartphone den Rettungsdienst. Er teilte der Polizei später mit, dass die Frau ganz plötzlich, ohne erkennbaren Grund, geschrien hätte. Ein Gorilla sei hinter ihr her. Dann sei sie auf die Straße gerannt, direkt auf den herannahenden Bus zu, und in dessen Front gesprungen.

Für den Busfahrer war es die letzte Fahrt in seiner Schicht, doch an Feierabend war nicht zu denken. Er musste auf den Notruf warten; und er musste die Werkstatt des Verkehrsbetriebes bitten, einen Abschleppwagen zu schicken. Der Bus war nicht mehr verkehrstauglich. Und dann wären da noch die Unfallforschung und die Polizei, die ihn befragen würden. Sein Schichtende lag noch in weiter Ferne.

Morning Show

„Die Frau hat vor dem Unfall neben einem Zirkusplakat gestanden", sagte der Außenreporter. „Deshalb fühlt sich Mr. Muller, Sprecher der frisch gegründeten Plakattheoretiker, in seiner Annahme bestätigt, dass die Zirkusplakate für die bizarren Todesfälle verantwortlich seien. Wie die Plakate mit den Todesfällen jedoch tatsächlich in Verbindung stehen, ist ungewiss."

„Das mit den Plakaten ist eindeutig!" Ein hochgewachsener, schlaksiger Mann um die fünfzig bis sechzig wird eingeblendet. Vollbart, ungepflegter Pferdeschwanz und runde Brillengläser auf der Nase. Mr. Muller wirkte wie ein Sozialpädagoge, der sich in den 1960ern oder 1970ern an der Uni eingeschrieben hatte und seitdem auf der Immatrikulationsliste herumspukte. Oder wie ein Ökoaktivist, dessen Lebensinhalt auf Protestbewegungen beruhte.

„Inwiefern ist das eindeutig?", fragte der Außenreporter.

Beide Männer standen zur frühen Morgenstunde vor dem Zirkusgelände. Eine Handvoll Demonstranten hielten Mahnwache.

„Die Plakate sind Portale, durch die der Zirkusdirektor oder die Zirkuscrew zu den Opfern springen."

„Portale? Sind Sie sich da sicher? Sie müssen zugeben, dass das für die meisten unserer Zuschauer etwas merkwürdig klingt, oder?"

„Merkwürdig? Sehen Sie denn nicht die Wahrheit?" Mr. Muller riss seine Augen auf und gestikulierte wild mit den Händen. „Wir haben objektive Beweise, dass alle Opfer neben einem Zirkusplakat gestanden haben, als sie starben. Verschließen Sie vor der Wahrheit nicht die Augen, denn diese befindet sich vor uns. Sichtbar."

„Könnten die Plakate nicht rein zufällig dort gehangen haben? Was ist mit den Selbstmorden und Unfällen in Los Angeles, wo keine Plakate zugegen waren? Die können Sie doch nicht ausschließen. Ich denke, Sie suchen zwischen den besagten Zwischenfällen und den Plakaten einen Zusammenhang, den es nicht gibt. Sie schaffen sich eine eigene Wahrheit. Eine Wahrheit, wie Sie sie sehen wollen."

„Wie ignorant Sie doch sind. Es besteht durchaus eine Kausalität", konterte Mr. Muller.

Der Reporter lächelte und wandte sich der Kamera zu. „Wie Sie sehen, Lucy, Steve, die Plakattheoretiker sind von ihrer Annahme mehr als überzeugt. Sie sind gerade zu besessen. Am Ende bleibt es wohl jedem selbst überlassen, was er oder sie davon hält. Aber in Hollywood ist ja bekanntlich alles möglich. Und damit zurück zu Euch."

Peter drückte auf die Stummtaste der Fernbedienung, und der Fernseher verstummte. „Wir sollten wirklich in eine der Shows gehen", sagte er. „Trotz unserer Bedenken."

„Da müsste schon ein Wunder geschehen, bevor ich da reingehe", erwiderte April. Und kaum hatte sie ihren Gedanken ausgesprochen, erschien auf dem Computerbildschirm eine Nachricht. Peter musste zwei Mal hinsehen. Er konnte nicht glauben, wer der Absender war. Beim dritten Mal berührte seine Nase sogar den Bildschirm. Wie war das möglich? Hatte der Absender Interesse am ARA-Blog? Wenn ja, warum sollte er?

„Was ist los, Watson?", fragte April, die nur Peters Ballonkopf vor sich sah, der den Bildschirm verdeckte.

„Dein *Wunder* hat uns gerade angeschrieben", antwortete er. Nachdem er die Nachricht für sich selbst gelesen hatte, rollte er mit dem Schreibtischstuhl beiseite und gab April die Sicht auf den Bildschirm frei. Sie las den Namen des Absenders und dessen Nachricht. Sie konnte es kaum glauben.

„Bist du dir sicher, dass er das ist?", fragte sie. „Es könnte auch ein Trittbrettfahrer sein. Wir haben keine Garantie."

„Haben wir auch nicht, es sei denn, wir nehmen seine Einladung an."

The Show Goes On

Später Nachmittag.

Die Menschenmenge riss den Kassierern die Karten aus den Händen, denn es gab keine Vorverkaufsstellen. Nicht einmal online. Jeder wollte dabei sein, so schien es.

Aufgrund der starken Nachfrage hätte Ron Simon zu gern weitere Shows drangehängt, doch die bevorstehenden Heimspieltermine der L.A. Dodgers ließen keinen längeren Aufenthalt auf dem Stadionparkplatz zu.

Dementsprechend zufrieden war er über das Gastspiel in Los Angeles. Den anwachsenden Unmut über seinen Aufenthalt lächelte er mühelos weg. Obwohl die protestierenden Tierschützer und Plakattheoretiker dasselbe Feindbild hatten, nämlich seinen Zirkus, standen sie dennoch fein säuberlich voneinander getrennt. Sie bildeten zwischen sich sogar eine Gasse, damit die zahlungsbereiten Zirkusgäste zu den Kassenhäuschen gelangen konnten. Aus der Luft betrachtet, hätten die Physiker, Chemiker und Sozialwissenschaftler ihre größte Freude daran, dieses soziale Phänomen zu beobachten und zu analysieren.

Dieser merkwürdige Mr. Muller hat wohl noch nie ein Mädchen abbekommen, dachte der Zirkusdirektor. *Oder die Liebe seiner Eltern erfahren. Und nun versucht er, in der Rolle eines Anführers, dies zu kompensieren.*

Immer diese nervigen Weltverbesserer. Diese naiven Wesen. Sie stecken so viel Energie in eine grüne Welt mit sauberem Trinkwasser, in der sich jeder liebhat. Sie pflücken auf der Wiese Blumen, basteln daraus Kränze, setzen sich diese auf ihre Köpfe und singen händchenhaltend Lieder. Oh, du fröhliche Welt.

Dann entdeckte er Peter und April, die draußen seitlich vor den Kassenhäuschen standen. Er winkte ihnen, sehr zum Erstaunen der beiden Tierschützer, mit einem breiten Lächeln aus der Ferne zu. April blickte hinter sich, konnte aber niemanden entdecken, der auf das Winken des Zirkusdirektors reagierte. „Kein Zufall", stellte sie fest.

„Was meinst du?", fragte Peter verwundert.

„Ich habe nur laut gedacht."

„Und was hast du gedacht?"

„Zuerst die E-Mail heute Morgen, und jetzt winkt er uns bewusst zu. Er weiß, wer wir sind! Ich meine, wir sind ihm auf der Demo in Downtown in die Arme gelaufen und haben mit ihm einen Small Talk geführt, aber wir haben ihm nicht unsere Namen gesagt, geschweige denn unseren Blog und unsere E-Mail-Adresse genannt."

„Irgendwie hat er das herausbekommen", sagte Peter. „Aber ich frage mich, warum er den Kontakt zu uns sucht?"

„Sollen wir seine Einladung annehmen, Watson?"

„Ich werde ihm nachher antworten", sagte Peter.

Ron Simon realisierte die Unsicherheit der beiden Tierschützer und schmunzelte. *Ich werde euch schon bald willkommen heißen, aber nicht heute. Heute muss ich mich um die anderen Gäste und VIPs kümmern.*

Ihm entsprang ein vergnügtes Lachen, und als er bemerkte, dass die Zirkusbesucher mit ihm lachten, öffnete er seine Arme und lachte weiter; er schaute dabei tief in ihre Augen.

Tagesprogramm

Die VIPs für heute standen bereits fest. Für die erste Show hatte Ron Simon den Drehbuchautor André Renoir gewonnen, für die zweite Show den Animationsexperten Ryu Nakamura aus Palo Alto, Silicon Valley. Eigentlich bevorzugte der Zirkusdirektor Frauen als VIPs. Am liebsten bildhübsche Frauen mit einer verdorbenen oder verarmten Seele. Aber er wollte nicht als Macho oder als frauenfeindlich abgestempelt werden. Bloß nicht. Abwechslung war immer gut.

Vor der Show durften die Kinder die harmlosen Tiere streicheln und sich ihre Gesichter bemalen lassen; sie sahen danach aus wie Tiger, Schmetterlinge und Pandabären. Die Väter durften sich derweil bei Hau-den-Lukas beweisen – oder auch nicht. Und überall roch es nach Popcorn und Karamell.

Als die Zirkusmusik ertönte, waren die Mütter einfach nur froh, dass es endlich losging und sie für ein paar Minuten durchatmen konnten. Die Welt der zeitlosen Freude und des unbeschwerten Lebensgefühls zog die Zuschauer sodann in ihren Bann. Sie vergaßen die raue Welt von Los Angeles. Die lärmenden Demonstranten, der Tierschutz und die Plakattheoretiker prallten am Zirkuszelt ab wie die Regentropfen auf einem Lotusblatt.

André Renoir

Die Nebelmaschinen setzten ein, und Ron Simons Stimme erklang im abgedunkelten Zelt.

„Haaaaaalllooooo, Los Angeles. Es ist mir eine Freude, heute hier zu sein, in dieser wunderbaren Stadt."

(jubelnder Applaus)

Der Nebel legte sich, und ein Scheinwerfer hob den Zirkusdirektor aus dem tiefsten Schwarz hervor.

„Ich verspreche Ihnen, so wahr ich hier stehe, dass Sie diesen Abend nicht vergessen werden. Facebook, Instagram, Google, YouTube, Amazon und Netflix sind dagegen ein Witz."

(das Publikum lacht)

„Ja, ich lege die Messlatte sehr hoch, aber nicht ohne Grund, denn unser Zirkus ist *Die größte Show auf Erden* – und das im einundzwanzigsten Jahrhundert. Wir bieten Ihnen etwas Unvergessliches. Wir haben diverse Tierarten, sexy und gut gebaute Akrobaten, lustige Clowns, einen richtigen Magier und …"

Er pausierte kurz.

„… wir haben in jeder Show einen Special Guest aus Ihren Reihen, der bei einer Zirkusnummer im Mittelpunkt stehen wird."

Er pausierte erneut, blickte in die Zuschauermenge und fuhr dann fort.

„Ich will Sie nicht weiter volltexten, sondern lieber die Show für uns sprechen lassen. Doch dafür brauche ich Ihre Hilfe. Egal, ob jung oder alt. Denn, ob Sie mir das glauben oder nicht, der Zirkus hat ein Eigenleben."

Lachen auf den Rängen, denn das Publikum fand die Vorstellung, der Zirkus habe ein Eigenleben, amüsant.

„Wirklich, wenn der Zirkus keine Lust hat, dann gibt es auch keine Show", versuchte der Zirkusdirektor das Publikum zu überzeugen.

(Gekicher)

„Wir müssen ganz laut Klatschen. Etwa so."

Er klatschte in einem festen Takt, und die Zirkusbesucher stiegen ein.

„Sehr gut. Und jetzt bitte dabei mit den Füßen auf den Boden stampfen."

Das Publikum machte brav mit, selbst dann, als der Zirkusdirektor die Geschwindigkeit erhöhte.

„Und jetzt machen Sie Krach, als wenn Sie auf einem Konzert Ihrer Lieblingsband oder Ihres Lieblingskünstlers wären und eine Zugabe verlangen."

Noch bevor die Show wirklich begonnen hatte, war die Stimmung überragend. Das Zelt verwandelte sich in einen Hexenkessel. Das Anfeuern der Zuschauer brachte auch an diesem Abend den ersehnten Erfolg. Mit einem Knall wurde Licht, und das über dem regenbogenfarbenen Artisteneingang sitzende Orchester begann zu spielen. Die Manege erweckte zum Leben.

Die Artisten und Dompteure marschierten mit den zahmen Tieren in die Manege und winkten dem Publikum zu, welches taktvoll zur Musik klatschte.

Die Clowns Phil und Bill fielen abermals aus der Reihe. Sie hüpften und sprangen zwischen den Zuschauerrängen hin und her. Die Zuschauer zuckten und schauten nervös um sich, sobald einer der Clowns in deren Nähe kam. Wer wusste schon, welchen Schabernack sie treiben würden, doch die Clowns spielten auch heute nur mit den Nerven der Gäste, hielten lediglich ihre großen runden Nasen in deren Gesichter.

Das Abendprogramm verlief nach dem gleichen Muster wie am Vorabend (*Never change a winning team oder so*) und nach etwa drei Stunden trat Ron Simon für das Finale in die Manege. Er wartete, bis der Applaus und das Gegröle abgeklungen waren, und inhalierte die eintretende Stille.

„Meine Damen und Herren, jetzt darf ich Ihnen unseren Special Guest des Abends begrüßen. Ein genialer Drehbuchautor aus Paris, der seinen Weg in Hollywood machen wird. Meine Damen und Herren, bitte begrüßen Sie mit mir, André Renoir."

(Applaus und Orchestermusik)

„André, kommen Sie bitte zu mir."

Der Drehbuchautor folgte der Bitte. Der Applaus in seinen Ohren berauschte ihn. Was für ein unbeschreibliches Gefühl. Wie gern würde er solch einen Applaus für die erfolgreiche Verfilmung eines seiner Drehbücher erhalten; wenn er die Oscar-Bühne betritt und die Auszeichnung entgegennimmt.

Er war jetzt seit drei Jahren in L.A., und bisher wurden all seine Drehbücher abgelehnt. *Zu Französisch* hieß es. *Gehen Sie zurück nach Europa*, wurde ihm empfohlen. *Da haben Sie bessere Chancen.* Aber André Renoir ließ sich nicht entmutigen. Sein Durchbruch war nur eine Frage der Zeit. Vielleicht sogar schon nach der heutigen Show. Sein Name würde in aller Munde sein, und Hollywood auf ihn aufmerksam werden. Vielleicht würde man sich dann bei ihm entschuldigen. Dafür, dass man sein wahres Talent nicht wahrgenommen und geschätzt hatte.

Während der Zirkusdirektor den Autor in der Manege empfing, verfielen die Zuschauer in ein diffuses Lachen. Als ob jemand einen riesigen Behälter mit Lachgas hinter dem Zirkuszelt aufgestellt hatte und das Gas über einen Schlauch hineinleitete. Die Leute hörten nicht mehr auf, zu lachen. Ihre Gesichter verwandelten sich in furchterregende Fratzen.

Shauna gesellte sich hinzu und umgarnte den VIP aus Frankreich, der in eine Art Trance fiel. Sie strich mit ihrer Hand über sein T-Shirt und Hose. Der Körper von André Renoir fühlte sich gut an. Und was sie ertastete, nachdem sie seine Hose geöffnet und hineingefasst hatte, gefiel ihr besonders.

Der Zirkusdirektor lachte zufrieden. Er wusste, wie wichtig die Zufriedenheit seiner Mitarbeiter und Mitarbeiterinnen war. Nur Rufus schäumte vor Wut.

Shauna ging vor André Renoir auf die Knie und zog dessen Hose nun ganz herunter. Doch bevor sie mit der französischen Körperverständigung beginnen, und André Renoir ‚Mon dieu!‘ stöhnen konnte, machte eine Reflektion im linken Auge des Franzosen die Stimmung dahin. In dem Sehorgan steckte plötzlich ein Wurfstern; dann landete ein Weiterer in seinem rechten Auge.

Das Publikum fand die Aktion belustigend und lachte jetzt noch lauter und heftiger, so, als ob einer der Clowns den Drehbuchautor mit einer Torte beworfen hätte, die nun in dessen Gesicht klebte. Doch statt Sahne floss Blut aus seinen Augen.

Rufus hatte die Showeinlage mit Shauna missfallen und die Zirkusnummer auf seine Weise beendet; und es sollte weiteres Blut fließen. Er rammte zwei dreizackige Sai-Gabeln, wie Ninja sie einst gebrauchten, in die Bauchdecke des französischen Drehbuchautors, drückte sie tief hinein und hievte den VIP wie ein Gewichtheber die Langhantel in die Höhe. Er überlegte, wohin er André Renoir werfen sollte. Und mit dem Zirkusorchester im Visier, flog der Drehbuchautor sodann durch die Luft. Doch kurz vor dem Balkon, auf dem die Musiker saßen, verlor André Renoir an Höhe und verschwand im Sinkflug durch den Artisteneingang.

Rufus schäumte vor Wut, und Shauna legte ihren Kopf gegen seinen muskulösen Oberarm. Sie schnurrte wie ein Kätzchen, um ihn zu beruhigen.

Rufus hatte jetzt zwei VIPs *bearbeitet*. Das war mit dem Zirkusdirektor so nicht abgesprochen, der aber Gnade walten ließ. Beim nächsten VIP-Auftritt jedoch sollte wirklich ein anderer Artist in diesen Genuss kommen.

Nicht, dass die noch eine Gewerkschaft gründen, dachte er ironisch und musste über seinen eigenen Witz lachen.

Die weiße Energie, die im Backstagebereich André Renoirs Leiche verlassen hatte, kam nun über den Artisteneingang zurück in die Manege geschwebt. Sie suchte zielstrebig die Glaskugel auf und fügte sich der weißen Energie darin hinzu. Ron Simon war – richtig erraten – mal wieder rundum zufrieden.

Am Ende war die Show, wie nicht anders zu erwarten, ein voller Erfolg. Die Zuschauer verließen euphorisch das Zirkuszelt. Sie alle würden am nächsten Morgen einen Muskelkater im Unterkiefer haben, da war sich der Zirkusdirektor beim Anblick der festgefrorenen Lachvisagen sicher.

Ryu Nakamura

Die zweite Show des Tages fand am Abend statt. Mit dem achtundzwanzigjährigen Ryu Nakamura als VIP. Ein amerikanischer Editor für Filmanimationen aus San Jose, der zwecks Ausbildung nach Palo Alto, Silicon Valley, gezogen war. Sein Traum war es, bei Hollywoodfilmen und Musikvideos mitzuwirken.

Er war ein fettleibiger Workaholic, der seine Zeit am liebsten vor dem Monitor verbrachte. Tageslicht sah er selten. Wie etwa auf der Fahrt ins Büro, auf dem Weg zum Einkaufen (wobei er das meist nach Feierabend mit der Heimfahrt verknüpfte) oder beim Rausbringen des bereits zum Leben erweckten Mülls, der die fünfundvierzig Quadratmeter große Bude vergaste. Hinzu kamen seine unreine Haut, seine einseitige Ernährung, sein unregelmäßiger Schlafrhythmus und die fehlende körperliche Betätigung (abgesehen von den Handbewegungen beim Anschauen von Pornos).

Zugegeben, sein Leben klang wie ein Klischee, wie ein stereotypisches Abbild eines Computernerds, aber bisher hatten alle VIPs einem Klischee entsprochen. Sie alle waren auf der Suche nach ihrer Individualität, indem sie sich an stereotypische Lebensmodelle orientierten.

Wie dem auch sei, zumindest der Zirkusdirektor stand auf Klischees; und das Publikum offensichtlich auch.

Und Sex.

Sex sells.

Gewiss.

Ron Simon und das Publikum mochten Sex. Ob sein übergewichtiger VIP je Sex mit einer Frau – oder einem Mann – gehabt hatte, bezweifelte er jedoch. Und das würde sich heute Abend auch nicht ändern. Denn nach zwei VIP-Auftritten mit Sexeinlagen hatte Ron Simon für den heutigen VIP etwas anderes vor. In der Manege stand ein Tisch mit einer weißen Tischdecke und einem dreiarmigen Kerzenhalter darauf; die drei darin gesteckten Kerzen brannten. Des Weiteren war der Tisch mit Besteck und Geschirr für eine Person gedeckt. Ryu Nakamura nahm Platz und wartete auf die Dinge, die da kommen sollten.

Trommelwirbel.

Ryu schaute aufgeregt um sich. Nicht, weil er nervös war, sondern neugierig. Wahrscheinlich saugte er alles um sich herum auf, um es später in einem Animationsfilm zu verarbeiten. Und da zählte jedes Detail. Doch er sollte – Achtung Spoiler! – nie wieder einen Animationsfilm machen, so viel kann hier schon mal verraten werden.

Bill und Phil erschienen. Am Anfang der Show noch mit roten Nasen und übergroßen Schuhen gekleidet, trugen sie jetzt japanische Holzsandalen, kegelförmige Reishüte und weiße Kimonos mit dünnen schwarzen Streifen; ähnlich dem Heimjersey der New York Yankees, aber die sollte man in Los Angeles lieber nicht erwähnen, denn hier waren die Dodgers und die Angels zuhause. Die Gesichter von Bill und Phil waren weiß geschminkt, mit aufgemalten schwarzen Schnurrbärten und schwarz umrandeten Augen (sogenannte Smokey Eyes).

Bill schob einen voll beladenen Servierwagen mit Torten vor sich her, und Phil brachte eine Wurfmaschine in die Manege. Sie stellten beides am anderen Ende des Tisches ab.

Dann entfernten sie den Kerzenhalter vom Tisch. Nicht, dass dieser versehentlich umgeworfen wurde, und der Special Guest in Flammen aufging. Das wollte doch niemand. Zumal der Kerzenhalter nur zur Zierde gedient hatte, also kein Bestandteil des Bevorstehenden war.

Bill stellte eine Sahnetorte in den Wurflöffel der Wurfmaschine, die auf den VIP ausgerichtet war.

„Es ist zwar längst halb vier Uhr am Nachmittag durch", sagte der Zirkusdirektor, „aber ich habe dennoch Lust auf Kaffee und Kuchen."

Die Zuschauer lachten, denn sie ahnten, was den VIP erwartete. Sie hätten aber auch gelacht, wenn in der Manege eine Trauerfeier stattfände. Man könnte meinen, sie wären Teilnehmer eines Lachyogaseminars, die Lachgas inhalierten. Ihre Gesichter verwandelten sich – ohne eine wissenschaftlich erkennbare Erklärung – in dämonenhafte Fratzen.

Ryu Nakamura bekam davon nichts mit. Seine gesamte Aufmerksamkeit galt Shauna, die ihm ihre großen Brüste vors Gesicht hielt.

Dann ging alles blitzschnell. Bill und Phil kamen von hinten angeschlichen – und schwuppdiwupp –, da waren die Hände des VIPs an der Stuhllehne gefesselt; und Shauna verschwunden. Viel Zeit darüber nachzudenken, was geschehen war, hatte Ryu nicht. Noch ganz benebelt von Shaunas Oberweite, flog bereits die erste Torte auf ihn zu – und traf. Das Cremetortenweiß klebte in seinem Gesicht und kroch in die Ohren und Nasenlöcher.

Dann folgte die zweite Torte.

Ebenfalls ein Treffer.

Torte Nummer drei landete auf seinem Kopf.

Die darauffolgende Torte kam nicht angeflogen, sondern wurde von Phil höchstpersönlich in das Gesicht des VIPs gedrückt. Die Torten klebten in Ryu Nakamuras Augen und nahmen ihm die Sicht.

Dann wurde ihm ein Gestell in den Mund geschoben, damit er diesen nicht mehr schließen konnte. Bei all dem lauten Gegröle und Lachen glaubten einige Besucher gehört zu haben, wie der Unterkiefer des VIPs dabei geknackt hatte.

Was folgte, hatte etwas Cartoonartiges an sich. Mit einer Trefferquote von einhundert Prozent landeten die Torten in Ryu Nakamuras Mund. Und mit jeder weiteren Torte rutschten die Anderen im Mundraum weiter den Rachen hinunter. Immer weiter und weiter. Sein Körper wurde runder und runder.

Das T-Shirt und die Jeans hielten den Druck nicht stand und gaben schließlich nach. Ebenso die Unterwäsche. Die Klamotten rissen an allen Nähten auf. Ryu saß nun nackt vor dem Publikum, gefesselt am Stuhl, gemästet durch eine nicht mehr zählbare Anzahl an Cremetorten. Er sah mittlerweile aus wie ein hautfarbener Ballon. So richtig dick und rund, der kurz vorm Platzen war. Spätestens dann, wenn man eine Nadel in diesen hineinstach.

Bill hatte solch eine Nadel bei sich und stach mit dieser in den Bauchnabel des hautfarbenen Ballons. Es gab einen Megaknall.

Wie ein Wunder blieb Ryu Nakamura am Leben, aber seine Bauchdecke klaffte nun zu beiden Seiten auf. Und sein Unterkiefer hing wie ein Stück Fetzen herunter.

„Oh, Mr. Nakamura, warum machen Sie denn solch ein langgezogenes Gesicht?", scherzte der Zirkusdirektor. Er kriegte sich nicht mehr ein vor Lachen. „Ja, der Witz war gut."

(ein Raunen auf den Zuschauerrängen)

Die Zuschauer konnten einen Blick in seine Eingeweide werfen. Einige Organe befanden sich nicht mehr an ihren ursprünglichen Stellen. Durch den Knall waren sie etwas, sagen wir mal, verrückt und hatten Schaden genommen. Die Organe waren mit Blut und Tortencreme beschmiert.

Ein Dompteur trat mit drei Schimpansen und einem Pavian in die Manege. Wie niedlich die Tiere doch waren. Mit ihren kleinen roten Mützen auf dem Kopf und den schwarzen Fliegen um den Hals. Sie sprangen auf den Tisch und auf Ryu Nakamuras Schoß. Ihre rauen Zungen waren überall: in seinem Gesicht, in seinen Haaren, in seinen Ohren, an seinem Hals. An manchen Stellen kitzelte es, sodass er reflexartig lachen musste, obwohl ihm nicht danach zumute war; und er es, anatomisch betrachtet, auch nicht mehr konnte. Er wollte sich der Situation entziehen und aufstehen, denn die Seile, mit denen er am Stuhl gefesselt war, hatten sich nach dem Megaknall gelockert, doch Bill und Phil hielten ihn fest und zogen die Seile nach.

Nachdem Ablecken und Schlecken war es an der Zeit, zu speisen. Die Zähne der Primaten gruben sich tief in den Körper des VIPs ein. Die Tiere fielen in einen Blutrausch, ihre Augen färbten sich höllenrot. All das Cremetortenweiß auf und um den VIP herum war mit Hautfetzen angereichert und mit Blut durchtränkt. Ryu Nakamura schrie um sein Leben, aber die Tortenreste in seinem zerfetzten Mund und die Affen in seinem Gesicht wirkten wie ein Schalldämpfer. Sie hemmten seine Schreie. Zudem lachte und grölte das Publikum dermaßen laut, dass alle anderen Geräusche im Zelt übertönt wurden; sogar stellenweise die Orchestermusik. Ryu Nakamuras Schicksal war besiegelt.

„Den Tierchen scheint die spezielle Menschen-Torte zu schmecken", witzelte der Zirkusdirektor. Sein Joke kam beim Publikum sehr gut an.

Als die Affen schließlich Ryu Nakamuras Gehirn wie ein frisches Guten-Morgen-Ei auslöffelten, war für jeden Anatomie-Laien klar, dass der VIP ohne Gehirn nicht mehr existent war. Aus seinen anatomischen Überresten stieg eine weiße Energie empor. Sie schwebte zur Glaskugel am oberen Ende des Stocks hinüber und ließ sich in dieser nieder.

„Wer hat Lust auf Sushi?", warf der zufriedene Zirkusdirektor rhetorisch hinterher. Die Zuschauer hörten überhaupt nicht mehr auf zu lachen.

„Operation gelungen, Affe tot."

Der Zirkusdirektor lief im Affengang durch die Manege und ahmte die Laute der Tiere nach.

„Futschikato! Hoho haha hihi!"

Als Ryu Nakamura Affen-sei-Dank vollkommen torten- und gehirnleer war, wandten sich die Tiere vom ihm ab und verließen die Manege unter tosendem Applaus. Ganz friedlich und zahm an der Seite des Dompteurs.

Der tote VIP saß vollkommen entstellt auf dem Stuhl. Alle Weichteile und Organe waren verspeist worden und befanden sich nun in den Mägen der Primaten. Die Affen hatten seinen Kopf bis auf die Unterkiefer heruntergefressen und seine Zähne dabei herausgerissen und in die Zuschauermenge geworfen.

Jubelnder und tobender Applaus. Das Publikum war hoch zufrieden. Sie hätten garantiert Zugabe gerufen, wenn dies möglich gewesen wäre.

Am Ende war Ron Simon mit seiner Show sehr zufrieden.

In den nächsten Shows allerdings wollte er gern wieder auf hübsche Frauenkörper blicken. Und es sollte noch blutrünstiger werden, trotz der bisherigen Anwendungen von Messern, Wurfsternen, Dreizacken und fleischfressenden Affen. Ja, mit noch mehr Blut.

Irgendeine Steigerung musste her.

Morning Show

„Guten Morgen, Los Angeles. Ich bin Lucy Lane."

„Und ich bin Steve Daran. Einen schönen guten Morgen."

Die Moderatoren führten die Zuschauer durch die Sendung. Der Beitrag über den Zirkus wurde erst gegen Ende eingespielt. Zwar war der Zirkus noch in aller Munde, aber nach einer Nacht ohne besondere Vorkommnisse und ohne Todesopfer durch ein Zirkusplakat erschienen andere Themen brisanter und interessanter. Wie etwa eine Schauspielerin, die beim Aussteigen aus ihrem Wagen sämtliche Geschlechtsmerkmale in die Kamera gehalten hatte. Natürlich war das ein reines Versehen. Sie konnte ja nicht ahnen, dass die Paparazzi auf sie lauerten; wie eigentlich jedes Mal vor ihrem Stammlokal. Und ausgerechnet an diesem Abend hatte sie, weil sie ja so in Eile war, ein viel zu knappes Kleid erwischt und ihr kleines Höschen darunter vergessen. Aber das ist ja jedem schon mal passiert, also versehentlich ohne Hose und Unterhose ins Büro zu gehen; oder in die Schule. Beim Ausstieg aus ihrem Sportflitzer hatte sie ihre Beine in die Richtung der auf sie lauernden Kameras wirkungsvoll auseinander geschwungen und somit einen Blick zwischen ihre Oberschenkel erlaubt. Dabei war ihr knappes Kleid *rein zufällig* so weit hochgerutscht, dass der Ansatz ihres Pos das Tageslicht erblickte. Doch damit nicht genug. Zusätzlich war ihr ein Spaghettiträger von der Schulter gerutscht, sodass ihre rechte Plastikbrust, die bereits sämtliche Titelbilder von Glanzlichtmagazinen geziert hatte, *Hello again* sagte.

Dann folgte ein kontrastreicher Bildwechsel, weg vom getunten Hollywoodkörper, hin zu einem verfilzten Bart mit Lehrerbrille. Der Hippiesprecher der Plakattheoretiker, Mr. Muller, hielt seine Visage in die Kamera.

„Mr. Muller, in der letzten Nacht gab es keinen einzigen Zwischenfall, der mit einem Zirkusplakat in Verbindung gebracht werden kann. Ist Ihre Theorie damit widerlegt? Was sagen Sie dazu?", fragte der Außenreporter.

„Im Gegenteil. Das ist die Ruhe vor dem Sturm", antwortete Mr. Muller, der von seiner Aussage vollkommen überzeugt war.

„Wie meinen Sie das?" Man sah dem Reporter an, wie er die Worte des Alt-Hippies zu interpretieren versuchte, doch Mr. Muller argumentierte weiter.

„Nur, weil nichts Sichtbares passiert ist, heißt das noch lange nicht, dass nichts passiert ist. Oder dass gerade nichts geschieht."

„Aber es ist gestern nachweislich nichts geschehen."

„Sind Sie sich da sicher? Es ist da, auch wenn es nicht zu sehen ist."

„Sie sprechen in Rätseln."

„Nein, das tue ich nicht. Der Zirkusdirektor hat etwas Großes vor. Er sammelt gerade all die Kräfte, die er dazu braucht."

„Sie sind also weiterhin davon überzeugt, dass die Zirkus-Crew mit Hilfe der Zirkusplakate, die in der Stadt verteilt sind, umherreist?"

„Ja, die Plakate dienen ihnen als Portale. Über diese können sie unbemerkt hin und her reisen, ihre Opfer töten und wieder verschwinden."

„Nach hoheitlicher, wissenschaftlicher Meinung ist das

nicht möglich."

„Weil Sie alle blind sind. Die wissenschaftlichen Konstrukte, die ein Abbild der Realität bilden sollen, lassen keinen Raum für unerklärliche Phänomene zu. Wie etwa Plakate als Portale. Das passt nicht in deren selbst erschaffenen Weltbilder."

„Tut mir leid, Sir, aber viele unserer Zuschauer sind der Meinung, dass Sie nicht ganz …"

„Dass ich nicht ganz dicht in der Birne bin?"

„Äh, ja."

„Die werden sich noch wundern. Glauben Sie mir!", sagte Mr. Muller. Er kam dabei so nah an die Kamera, dass die Zuschauer in die schwarzen Löcher seines Riechkolbens sehen konnten. Mit allen darin befindlichen Härchen und festhängenden Ablagerungen. „Das Chaos ist nah!"

Der Außenreporter zog den Hippie diplomatisch von der Kamera weg und blickte selbst in die Linse hinein. „Das war der Sprecher der Plakattheoretiker", sprach er mit ironischer Stimme. „Hoffen wir, dass Mr. Muller sich irrt und uns keine Katastrophe bevorsteht. Und damit zurück zu Euch."

„Da gebe ich Ihnen vollkommen Recht, Mike", erwiderte Steve Daran im Studio. Die Journalisten tauschten ihre Blicke aus. Man war sich einig, dass der Anführer der Plakattheoretiker einen an der Waffel hatte. Dafür musste niemand den Vogel zeigen. Weder vor der Kamera noch im Studio.

Dann fuhr Steve Daran fort: „Ron Simon, der Zirkusdirektor, hat überraschend eingelenkt, uns für ein weiteres Interview zur Verfügung zu stehen. Die Flut an Anschuldigungen, sein Zirkus sei für die bizarren Todesumstände

124

verantwortlich, steigt an. Bei ihm ist nun unser Außenreporter Larry Birmingham. Larry, können Sie uns hören?"

„Hallo, Steve!", antwortete Larry, neben dessen Seite der grinsende Zirkusdirektor stand.

„Larry, sagen Sie uns, wo befinden Sie sich gerade? Im Hintergrund sind weder das Zirkuszelt noch das Baseballstadion der Dodgers zu sehen. Der Straßenzug hinter ihnen sieht sehr heruntergekommen aus."

„Das stimmt. Wir stehen hier an der Kreuzung 5th Street und San Pedro Street in Skid Row", sagte der Reporter und drehte sich dann zu Ron Simon. „Mr. Simon, Sie baten uns, das Interview an diesem Ort durchzuführen. Wieso?"

„Eine berechtigte Frage, Larry", sagte Ron Simon, der den Reporter wie schon im ersten Interview einfach beim Vornamen anredete. Die Genehmigung vom Reporter, ihn zu duzen, besaß er immer noch nicht. „Es hat sich wohl schon herumgesprochen, aber ich wollte Ihnen dennoch mitteilen, dass die letzte Show unseres Aufenthaltes, hier in dieser wundervollen Stadt Los Angeles, eine besondere Veranstaltung sein wird. Eine Charity-Veranstaltung."

„Das ist sehr ehrenwert. Was für eine Wohlfahrtsveranstaltung planen Sie denn? Und für wen?"

„Schauen Sie sich einmal um, Larry. Überall diese armen Menschen."

„Sie wollen eine Show für diese obdachlosen Gestalten veranstalten?"

„Für die Menschen aus Skid Row, ja. Und als VIP haben wir das bekannte Model Marta Morosow eingeladen."

„Marta, wer?" Der Reporter hatte schon einige Models interviewt, selbst die Möchtegern-Models aus der C-Promireihe, aber von einer Marta Morosow hatte er noch nie gehört.

„Sie ist in Europa bereits sehr erfolgreich. Und nun will sie ihre Karriere in den USA starten." Natürlich war das gelogen, aber die Lüge diente zum Wohle seiner Show. Als Werbung quasi. „Sie sind selbstverständlich auch eingeladen, Larry."

„Hey, Zirkusmann!", schrie jemand hinter ihnen.

Der Zirkusdirektor drehte sich um und schmunzelte. Ein dürrer, dunkelhäutiger Mann nährte sich den beiden, gefolgt von weiteren undurchsichtigen, meist dunkelhäutigen Erscheinungen.

Der Reporter hätte am liebsten einen Schritt nach hinten gemacht, oder zwei, aber die Kamera lief und Millionen von Amerikanern saßen live vor ihren TV-Bildschirmen. Vor denen wollte er nicht aussehen wie ein Feigling. Und so stand er seinen Mann.

Kurz darauf waren der Reporter und der Zirkusdirektor von den unheimlichen Gestalten umzingelt.

„Hey, Joseph, altes Haus", begrüßte Ron Simon den dürren Mann.

„Sie kennen noch meinen Namen, Sir?" Man sah dem obdachlosen Junkie förmlich an, wie sehr er sich darüber freute, dass sich jemand außerhalb von Skid Row an ihn erinnerte. Dass jemand außerhalb des Lochs wusste, wie sein Name war.

„Natürlich, Joseph, und mein Versprechen werde ich halten."

„Wir gehen in den Zirkus, Mann?"

„Ja, ich werde Ihnen eine persönliche Vorstellung geben."

Riesen Jubel in der kleinen Ansammlung von Obdachlosen. Für viele Bewohner von Los Angeles waren sie abscheuliche Kreaturen, die man am liebsten unter den Teppich kehrte. Man machte einen Bogen um diesen Ort. Skid Row passte nicht zu Los Angeles' Glamour.

Dem Reporter wuchs die Situation über den Kopf. Überall sah er kaputte Hände an sich. Die Kreaturen beschnüffelten ihn wie wilde Tiere. Dann wurde es ihm zu viel. Er konnte nicht mehr bluffen. Die Kamera fing seinen Ekel und seine Unsicherheit ein. Er entfernte sich langsam und souverän von der Menge und versuchte, seine Unsicherheit weg zu moderieren.

„Wie Sie sehen, Lucy, Steve, es wird tatsächlich eine exklusive Zirkusshow für die Bewohner von Skid Row geben. Zumindest für einige von ihnen. Larry Birmingham. Skid Row."

Nach diesen Worten wurde die Live-Schaltung ins Studio beendet. Der Kameramann hatte die Kamera noch nicht ganz von der Schulter genommen, da war der Reporter bereits im Übertragungswagen des Senders verschwunden. Er hatte es wirklich eilig gehabt. Man registrierte nur noch, wie sich die seitliche Schiebetür des Vans schloss.

Lieber ein Reporter in Los Angeles, als ein Reporter in einem Kriegsgebiet, dachte Larry Birmingham. Dennoch wünschte er sich, nicht noch einmal einen Beitrag über diesen skurrilen Zirkus machen zu müssen. Oder ein Interview mit diesem Zirkusdirektor.

Der Zirkusdirektor war, wie konnte es anders sein, mal wieder rundum zufrieden. Seit seiner Ankunft in Los Angeles lief es für ihn wie am Schnürchen.

Grand Park

„Das Kleid haben Sie selbst entworfen?", fragte der Zirkusdirektor die zierliche blonde Frau. Er kannte bereits ihren Namen, obwohl sie ihm diesen noch nicht genannt hatte. Sie trug ein verführerisches Kleid, welches ihrer zierlichen Figur so eng anlag, dass der leichte Wind diesem nichts anhaben konnte; es bot keine Angriffsfläche.

Die Frau nickte und lächelte stolz. „Ich habe es selbst entworfen. Ich bin Kostümdesignerin."

„Wirklich?", sagte der Zirkusdirektor erstaunt, obwohl er auch dies bereits wusste. „Das Kleid gefällt mir sehr. Wie auch Ihr Akzent. Woher kommen Sie, Miss?"

Die Frau zögerte, wollte ihren Namen nicht nennen. Der Zirkusdirektor hatte sie beim Spazierengehen im Grand Park, Downtown, wegen ihres Kleides angesprochen. Und nun führten sie diesen Small Talk. Sie wusste nicht recht, was der bizarre Mann mit dem Mundgeruch, der täglich in den Medien präsent war, von ihr wollte, andererseits sah sie von ihm keine Gefahr ausgehen. Und sollte er ihr doch dumm kommen, so war sie nicht allein. Der Park mit dem Rathaus in Sichtweite war gut besucht. Kinder, die auf dem Spielplatz spielten, Eltern, die sich unterhielten, Vierbeiner, die auf der Hundeanlage tollten, Parkbesucher, die die Statuen von George Washington und Christoph Kolumbus betrachteten, und ein Sicherheitsdienst, der im Grand Park für Sicherheit sorgte.

„Amelie Bergen, Sir", sagte sie schließlich. „Mein Name ist Amelie Bergen. Ich bin aus Norwegen und vor zwei Jahren nach Los Angeles gekommen. Ich arbeite an einem Theater."

Sie traute sich nicht, den Namen des Theaters zu nennen, nur für den Fall, dass der Zirkusdirektor doch ein Perverser war. Er könnte ihr auflauern, sie verfolgen und dann vergewaltigen; oder ermorden. Oder beides. Im schlimmsten Fall in ihrer eigenen Wohnung. Eine Schauspielerin an ihrem Theater hatte aktuell einen Stalker, der sie rund um die Uhr terrorisierte. Ein Albtraum. Amelie war zwar nur eine Kostümdesignerin, aber sie wollte kein Risiko eingehen.

Der Zirkusdirektor lachte. Er brauchte nicht zu fragen, an welchem Theater sie arbeitete. Auch das wusste er bereits.

„Darf ich Sie zu unserer Zirkusveranstaltung heute Abend einladen? Als Special Guest?"

„Als Special Guest?"

„Sie wären mein VIP. Der Eintritt ist für Sie natürlich kostenlos. Sie müssen lediglich für eine Aktion in die Manege treten und mir assistieren."

„Ich weiß nicht", antwortete Amelie verunsichert.

„Ich werde Sie als erfolgreiche Kostümdesignerin vorstellen. Und Sie dürfen beim Auftritt für Ihre Mode werben."

„Hmmm." Sie spielte mit ihren Lippen, zögerte leicht, während ihr Gegenüber ein bettelndes Dackelgesicht auflegte. „Okay, ich bin dabei", sagte sie schließlich.

Ron Simon klopfte vor Freude seine Handgelenke gegeneinander. „Suuuper. Dann bis heute Abend, Miss Bergen."

„Ich freue mich sehr, Mr. Simon."

„Oh, die Freude ist ganz meinerseits", sagte er, machte zum Abschied einen Hofknicks und küsste ihren Handrücken.

Amelie konnte es sich nicht erklären, aber als der Zirkusdirektor ihre Hand genommen und charmant geküsst hatte, waren all ihre Bedenken verflogen. *Nein, er ist kein Perverser, er ist ein Charmeur*, dachte sie und freute sich auf die Show. Mit ihr als VIP. Während sie am Theater nur im Hintergrund agierte, sollte sie nun selbst im Rampenlicht stehen. Zwar nicht auf einer Theaterbühne, aber dafür in einer Manege.

Kaum war Miss Bergen glücklich kichernd aus Ron Simons Blickfeld verschwunden, kamen zwei andere Personen auf ihn zu, die er bereits sehnsüchtig erwartete.

„Ahh, da sind Sie ja", empfing er sie und hob zur Begrüßung seinen Zylinder in die Luft. „Miss Harbor, Mr. Nathan."

„Mr. Simon", begrüßte Peter ihn. April schwieg.

Der Zirkusdirektor wusste, dass die beiden jungen Menschen kommen würden. Nicht, weil sie um jeden Preis im Rampenlicht stehen wollten, sondern weil sie mit dem ganzen Herzen für den Tierschutz einstanden. Weil sie wissen wollten, warum der Zirkus im einundzwanzigsten Jahrhundert immer noch Tiere hielt. Der Zirkusdirektor spürte die Skepsis der beiden.

„Schön, dass Sie gekommen sind. Ich hoffe, dass ich all Ihre Fragen beantworten kann, die Ihnen auf der Stirn geschrieben stehen."

Peter fasste sich an seine Stirn und schaute dann auf die von April. Er hatte dem Zirkusdirektor zuvor via E-Mail einem Treffen zugesagt.

„Woher haben Sie unsere E-Mail-Adresse?", fragte April. Sie verzog keine Miene.

Der Zirkusdirektor nahm ihre Hand und schaute ihr tief in die Augen. April war geneigt, dem Blick auszuweichen, beschloss aber, Stärke zu zeigen, und hielt den Augenkontakt bei; sie akzeptierte auch seinen Mundgeruch – widerwillig.

„Auf der Demo gegen Tiere in Zirkussen und Zoos, erinnern Sie sich? Als Sie in mich hineingelaufen sind? Da haben Sie beide ein T-Shirt mit Ihrer Internetseite als Aufdruck getragen. Die Seite habe ich mir natürlich angeschaut. In so einem Internetcafé. Ich selbst habe keinen Internetanschluss, wissen Sie. So oft, wie ich unterwegs bin."

April lachte verlegen. Die Antwort klang plausibel. Klar hatten sie an diesem Tag ihre T-Shirts mit der Webadresse getragen, um auf ihren Blog aufmerksam zu machen; kein Hokuspokus, keine Telepathie und kein mysteriöser Hintergrund. Einfach nur der Aufdruck auf ihren Kleidungsstücken. Und schon lag ihr die nächste Frage auf den Lippen. „Warum wollen Sie mit uns reden?"

Der Zirkusdirektor hob seinen Blick in den Himmel und lächelte. Der Stock, dessen Glaskugel am oberen Ende zu etwa einem Viertel mit der weißen Energie gefüllt war, tanzte in seiner Hand. „Das ist die entscheidende Frage", sagte er. „Wissen Sie, mein Zirkus gibt es schon seit … nun ja, seit … jedenfalls schon sehr lange. Aber in den letzten Jahren, oder seit Ende des zwanzigsten Jahrhunderts, wird die Kritik, Tiere im Zirkus zu halten und in der Manege auftreten zu lassen, immer größer. Und ich versuche zu verstehen, warum."

„Meinen Sie das etwa im Ernst?", fragte Peter. „Ich meine, sehen Sie denn nicht, dass man keine Tiere für Dressuren heranziehen sollte? Kein freilebendes Tier übt in der Natur derartige Glanznummern aus. Dazu der Stress während der Auftritte und dieses ständige Stehen und Reisen in den engen Zirkuswagen. Kein Wunder, dass die meisten Zirkustiere verhaltensgestört sind, oder ihre Pfleger und Zuschauer angreifen, oder? Wie etwa die Elefantin Tyke aus dem hawaiianischen Circus International of Honolulu, die 1994 während eines Auftritts ..."

„Wow, wow, wow." Ron Simon musste verbal dazwischen gehen, da der junge Tieraktivist sonst ohne Punkt und Komma weitergeredet und dabei fast vergessen hätte, zu atmen. „Das hat die Menschen im neunzehnten Jahrhundert nicht interessiert, und auch nicht während der beiden Weltkriege. Und mit einem Mal kommen in den 1960ern und 1970ern einige Menschen auf die Idee, die Welt verbessern zu wollen. Sie interessieren sich plötzlich für das Wohlergehen der Natur und der Tiere. Dabei geht der Mensch jedoch sehr ambivalent vor."

„Wie meinen Sie das? Ambivalent?" Peter verstand nicht ganz. Auch April wartete auf eine Erklärung.

„Sie essen kein Fleisch, nehme ich an?"

Beide schüttelten den Kopf.

„Dachte ich mir." Ron Simon hielt kurz seine Hand vor dem Mund. „Okay, Sie essen kein Fleisch, aber Millionen von Menschen tun dies. Dafür werden Tiere in Batterien oder unter anderen unwürdigen Bedingungen gehalten. Alles andere als artgerecht. Die Tiere haben ein kurzes, qualvolles Leben. Sie werden von Geburt an wie leblose Ware behandelt und sterben dann elendig auf der Schlachtbank. Warum dürfen sie während des kurzen Daseins kein ehrwürdiges Leben führen?"

„Es gibt durchaus Betriebe, die das umsetzen", sagte Peter, doch Ron Simon schüttelte den Kopf.

„Es sind ja nicht nur die Tiere. Was ist mit den Menschen,

die auf der Straße leben? Wie etwa die Bewohner von Skid Row? Einige versuchen, diesen Menschen zu helfen, doch die meisten ignorieren sie. Vielleicht werden sie eines Tages aus Skid Row verbannt und in die Außenbezirke verdrängt, weil man sie aus dem Innenstadtbereich loswerden will. In Randgebieten wären sie quasi unsichtbar und somit nicht existent.

Oder das Autofahren? Man weiß, dass das auf Dauer nicht gut für die Umwelt ist, dennoch sind die Highways und Straßen vollgestopft mit kriechenden Blechkarossen. Manchmal wäre man zu Fuß oder mit den öffentlichen Transportmitteln schneller am Ziel, und definitiv umweltschonender. Aber man steckt auf dem Weg zur Arbeit oder nach Hause lieber mit dem eigenen Auto stundenlang in einem Stau fest, als mit Fremden in einem streng riechenden Bus oder in einer überfüllten Metro zu sitzen."

„Wir haben Sie verstanden, Mr. Simon, aber wir schweifen vom eigentlichen Ziel unseres Treffens ab", unterbrach April ihn.

Ron Simon blickte auf seinen Stock, der hin und her schwang, auspendelte und am Ende den Boden berührte. „Da gebe ich Ihnen Recht, Miss Harbor. Ich wollte nur sagen, dass ich nicht verstehe, weshalb die Menschen gegen meinen Zirkus demonstrieren. Es gibt so viele Dinge, die wichtig sind, für die man sich einsetzen sollte. Stattdessen drehen die Demonstranten wegen ein paar Tieren durch. Mein Zirkus ist doch nur für wenige Tage in Los Angeles. Wir sind auf der Durchreise. Wenn die Gegner das nicht ertragen, dann sollen sie meine Zirkusveranstaltungen nicht besuchen, verstehen Sie?"

April schüttelte den Kopf. „Wollen Sie sagen, dass die

Tiere in Ihrem Zirkus nicht gequält werden? Glauben Sie, dass es bei Ihnen eine artgerechte Tierhaltung gibt?"

„Warum protestieren die Demonstranten nicht gegen den Zoo in der Stadt? Oder allgemein gegen Zoos? Findet in den Zoos eine artgerechte Tierhaltung statt? Oder in Sea World? Hmmm? Nein. Dennoch existieren diese. Weltweit. Und dann ist denen mein Zirkus ein Dorn im Auge? Wenn die Leute meinen Zirkus boykottieren wollen, dann nur zu. Es gibt genügend Menschen, die unsere Shows besuchen und sich von uns begeistern lassen."

„Okay, okay", warf Peter ein. „Aber wie passen wir nun in Ihr Spiel?"

„BINGO", sagte der Zirkusdirektor. Er klatschte vor Freude in seine Hände und biss sich für einige Sekunden auf die Unterlippe, während er Peter und April in die Augen blickte.

„Ich würde es zwar nicht *mein Spiel* nennen, aber richtig, ich habe Sie beide aus einem guten Grund ausgewählt. Einerseits sind Sie bezüglich Ihrer Ideologie sehr engagiert, andererseits sind Sie nicht so dämlich, wie die meisten der Demonstranten."

„Danke", sagte Peter ironisch. April und er sahen in dem Treffen bisher noch keinen wirklichen Sinn.

„Die meisten Demonstranten sind dämlich und blind. Sie beide hingegen reflektieren und betrachten die Dinge objektiv. Wenn Sie möchten, dürfen Sie hinter die Kulissen meines Zirkus schauen."

„Und die Gegenleistung?", fragte April.

„Keine. Wissen Sie, ich habe zwar nicht die Absicht, meine Tiere aus dem Programm zu nehmen, im Gegenteil, aber natürlich bin ich daran interessiert, was sich verbessern lässt. Ich bin nämlich lernfähig, wissen Sie?"

„Das bezweifle ich." April machte keinen Hehl daraus, ihre Skepsis zu zeigen. Sie sah keinen Grund, den Zirkus in irgendeiner Weise zu unterstützen. Vielmehr interessierte sie sich für die geheimnisvollen Vorfälle mit tödlichem Ausgang, die im Zusammenhang mit den Zirkusplakaten standen. Sie hätte sich den Plakattheoretikern anschließen können, aber sie wollte mit diesem irren Hippie, diesem Mr. Muller, nicht gesehen werden. Schon gar nicht auf irgendwelchen Bildern, abgedruckt in Zeitungen und im Internet. Sie wollte mit Peter diesen Vorfällen nachgehen, ohne dass ihre Organisation ARA mit dem Zirkus in Verbindung gebracht wurde. Sie blickte um sich, ob nicht bereits jetzt jemand, hier im Grand Park, Bilder von ihrer Unterhaltung machte. Doch sie konnte niemanden entdecken. Überhaupt schien sich niemand für die beiden Tierschützer und den Zirkusdirektor, der in aller Munde war, zu interessieren.

„Miss Harbor?", fragte Ron Simon.

„April?", fragte Peter gleich hinterher.

„Hmmm?" In den Gedanken vertieft, hatte sie ihren Namen nur verzerrt wahrgenommen. Sie schaute instinktiv Peter an.

„Mr. Simon hat uns eben zu seiner Charity-Show eingeladen, die er an seinem letzten Abend hier in Los Angeles veranstalten wird. Was sagst du dazu?"

April zögerte, schaute immer wieder um sich. Die Charity-Show würde von den TV-Sendern, Zeitungen, Bloggern und den Bewohnern von Los Angeles verfolgt werden. Man würde nicht nur lokal darüber berichten, sondern landesweit. Wenn Peter und sie in diese Veranstaltung gingen, würde man sie möglicherweise in einer Zeitungsausgabe oder in einem Fernsehbeitrag unter den Zuschauern erblicken. Oder man würde sie ablichten, während sie sich angeregt mit dem Zirkusdirektor unterhielten.

„April?", fragte Peter erneut. Er registrierte, dass sie haderte, und wandte sich sodann an den Zirkusdirektor. „Ich denke, Miss Harbor und ich sind mit von der Partie, Mr. Simon. Wir geben Ihnen aber noch Bescheid."

Ron Simon grinste. Seine Augen strahlten Zuversicht aus. Als ob er bereits wusste, dass die beiden Tierschutzaktivisten zur Charity-Show kommen würden. „Sie haben ja noch etwas Zeit, darüber nachzudenken. Kommen Sie einfach spontan vorbei. Ich würde mich freuen. Sie werden es nicht bereuen."

Der Zirkusdirektor verneigte sich mit gehobenem Zylinder und verschwand nach einigen Schritten aus dem Sichtfeld der beiden Tierschützer.

Amelie Bergen

Nebel setzte ein, und die Musik begann zu spielen. Auch heute Abend versprach der Zirkusdirektor den Zuschauern einen unvergesslichen Abend. Dafür mussten sie aber einen kleinen Beitrag leisten. Sie mussten ganz laut in die Hände klatschen und mit den Schuhen auf den Boden trampeln, um die Show, die ein Eigenleben hatte, davon zu überzeugen, anzufangen. Und natürlich war das Publikum erfolgreich. Kurz darauf traten die Artisten und eine Handvoll Tiere in die Manege und begrüßten das Publikum.

Die Show war fantastisch. Alle Akteure legten sich mächtig ins Zeug, und die Tiere machten brav mit. Special Guest an diesem Abend war die Kostümdesignerin Amelie Bergen, die der Zirkusdirektor im Grand Park angesprochen hatte. Ihr Traum war es, für Hollywoodfilme die Kostüme zu designen und anzufertigen; und irgendwann einen Oscar für das beste Kostüm zu erhalten. Oder noch besser: Ihre selbstentworfenen Modekollektionen auf den berühmten Laufstegen der Welt präsentieren zu dürfen. Ihr derzeitiger Job am Theater reichte gerade mal zum Überleben. Allein die Miete verschlang einen erheblichen Anteil. *Durchhalten!* hieß ihre Devise. Eines Tages würde sich alles auszahlen.

Sie fieberte ihrem Auftritt vom Sitzplatz aus entgegen. Heute Abend war sie der Star.

Von mir werden Bilder gemacht, die sich in den Medien und sozialen Netzwerken verbreiten. Ich werde Follower auf Facebook, Twitter und Instagram gewinnen. Man wird meine Kollektion bewundern und kaufen. Und schon bald habe ich meine erste Mo-

denschau in London, Paris, Mailand oder New York.

Dann war es so weit. Ron Simon betrat die Manege und hielt seinen rechten Zeigefinger vor dem Mund; und für einen Augenblick wurde es still im Zelt. Er genoss diesen Moment, atmete tief ein und aus, und schwang den Stock zu einer nicht hörbaren Melodie.

Dann kündigte er den VIP des Abends an.

„Meine verehrten Gäste, ich bin stolz, Ihnen eine wunderbare Frau vorzustellen. Miss Amelie Bergen aus Norwegen. Miss Bergen, bitte kommen Sie zu mir in die Manege."

Unter tosendem Applaus ging Amelie die Stufen hinunter. Davon hatte sie immer geträumt. Ja, eines Tages würde sie als erfolgreiche Modedesignerin jedes Mal solch ein Standing-Ovation erhalten, wenn sie nach der Präsentation einer ihrer Modekollektionen den Laufsteg betritt. Wobei der Jubel dann noch größer ausfallen würde. Garantiert. Der heutige Applaus war nur der Vorgeschmack.

Die Zuschauer fingen plötzlich an zu schmunzeln und zu kichern. Als Ron Simon sagte, dass es im Zelt wie auf Amsterdams Straßen roch, brach ein großes Gelächter aus. Die Gesichter der Zuschauer verwandelten sich in unmenschliche Fratzen. Und auch er musste herzhaft darüber lachen. Natürlich strömte kein Gas durchs Zelt. Die wirkliche Ursache blieb sein Firmengeheimnis. Amelie bekam von all dem nichts mit. Für sie war es ein ganz normaler, unterhaltsamer Abend in einem Zirkus, und die Zuschauer waren für sie ganz gewöhnliche Menschen, die Spaß hatten.

Am unteren Treppenende wartete bereits Shauna auf sie, die sie zum Zirkusdirektor führte.

„Sie sehen bezaubernd aus, Miss Bergen", empfing er sie und grinste. „Ladies and Gentlemen, begutachten Sie dieses wunderschöne Kleid, welches von Miss Bergen höchstpersönlich entworfen worden ist. Es ist doch von Ihnen, oder?"

Die Norwegerin nickte, sie fühlte sich vom Applaus der Zuschauer zunächst geschmeichelt. Doch dann erstarrte sie und atmete hektisch. Ihr Körper zuckte. Vom Applaus berauscht, hatte sie nicht mitbekommen, wie der Zirkusdirektor sich hinter sie geschlichen hatte. Sie konnte seinen schwefeligen Atem riechen und seine dreckigen Hände an ihrer Hüfte spüren. Sein Gemach drückte sich gegen ihren Hintern.

„Sie fühlen sich gut an", sagte er und streichelte ihre Arme, die mit einer Gänsehaut überzogen waren. Er inhalierte ihre Angst. Seine Augen funkelten.

Bevor Amelie sich versah, sah sie ihr Kleid wie von Zauberhand in die Zuschauermenge fliegen. Wie hatte er das gemacht? Wie war es ihm gelungen, ihr das Kleid auszuziehen, ohne, dass sie davon etwas mitbekam? Hatte er sie kurz in Trance versetzt?

„Wieso haben Sie das getan?", fragte sie halb nackt bekleidet.

„Aber, aber, Sie wollen doch nicht, dass Ihr Kleid bei Ihrem Auftritt dreckig wird? Oder reißt, nicht wahr? Außerdem kann das Publikum Ihr Kleid so aus unmittelbarer Nähe bewundern. Es kann Ihr Kleid anfassen, fühlen und riechen. So wie ich Sie gerade, meine Gnädigste."

Erneut inhalierte er ihre Furcht.

„Sie haben eine niedliche Figur, Miss Bergen. Ich hätte Sie gern *intensiver* gespürt, aber ich habe heute Migräne. Verstehen Sie, was ich meine?"

Die Zuschauer lachten und grölten. Sie schienen sich an der Zirkusnummer zu ergötzen.

Miss Bergen wusste nicht, wie ihr geschah, als sie von einer unsichtbaren Kraft in die Luft gehoben wurde und in drei Metern Höhe in der Horizontalen schwebte. Unsichtbare Hände und Zungen glitten über ihren Körper, aber niemand stand in ihrer Nähe, der sie hätte berühren können.

Warum hilft mir niemand?

Warum unternimmt niemand etwas?

„Echt schade um diesen Körper. Aber was soll's", sagte der Zirkusdirektor leise zu sich selbst. Dann wandte er sich an das Publikum. „Ladies and Gentleman, bitte begrüßen Sie mit mir, den wunderbaren Magier und Illusionisten, den großen Rossini."

Die schwebende Amelie konnte nicht sehen, wie der Illusionist die Manege betrat, und auch nicht, wie die beiden Clowns Bill und Phil einen Rollwagen hineinschoben, auf dem ein Metall-Sarkophag ruhte.

Natürlich hatte Rossini seinen Auftritt an diesem Abend bereits gehabt. Er hatte sich unter anderem aus Handschellen befreit, einen Hasen aus dem Zylinder gezaubert und die attraktive Shauna verschwinden lassen. Aber den folgenden Zaubertrick hatte er speziell für den VIP-Auftritt aufgehoben, den der Zirkusdirektor nun verkündete.

„Meine Damen und Herren, wie Sie sehen, haben wir mit Miss Bergen so einiges vor. Daher kommen wir gleich zur Sache. Wir wollen die Spannung ja nicht unnötig ausdehnen."

Bill und Phil stellten den Sarkophag vertikal auf und öffneten diesen. Die Nägel und Dornen darin – es waren gefühlt mehrere Tausend – sagten Hallo. Sie warteten darauf, Amelie zu durchbohren … ähm … herzlich zu umarmen.

Amelies Augen, die beim Betreten der Manege noch gefunkelt hatten, zeigten nun, für jeden sichtbar, die pure Angst.

„Keine Sorge, liebe Miss Bergen, es ist nur ein Zaubertrick. Sie werden nichts spüren", sagte Ron Simon. „Glaube ich zumindest", fügte er dann hinzu und erntete ein großes Gelächter seitens der Zuschauer.

Rossini bewegte die schwebende Miss Bergen, die als Einzige nicht lachte, mit einer Handgeste Richtung Unheil. Er drehte und positionierte sie so, dass sie schließlich zwischen den beiden geöffneten Seiten des aufrechtstehenden Sarkophags in der Luft hing. Die Zuschauer warteten begierig darauf, dass sich dieser schloss.

Und dann SCHNAPP, war es passiert.

(Ooooohhhh!)

Wie das Maul eines Krokodils hatte der Sarkophag zugeschnappt. Amelies Blut lief aus dessen Ablaufrinnen wie Traubensaft aus der Traubenpresse.

Stille im Zelt, abgesehen von einigen kichernden und hustenden Zuschauern.

„Wie gesagt, dies ist ein Zaubertrick", betonte der Zirkusdirektor. „Im europäischen Mittelalter jedoch wurden solche Sarkophage als Todesinstrumente eingesetzt. Oft als *Die Eiserne Jungfrau* bekannt. Die Menschen darin waren dann tatsächlich tot. Von Nägeln und Dornen durchbohrt."

Er ließ die Worte ein wenig nachhallen und klopfte dann mit seinem Stock gegen den Sarkophag.

„Jemand Zuhause?"

(Gegröle und Gelächter)

„Hoffentlich hat sie keine Platzangst da drin."

Ja, der Zirkusdirektor wusste, wie er das Publikum bei Laune hielt, und sein Zahnpastalächeln durfte natürlich auch nicht fehlen. Doch dann bat er mit einer Handgeste um Ruhe und hielt sein Ohr an den Sarkophag.

„Ist bei Ihnen alles in Ordnung, Miss Bergen?"

Keine Antwort. Auch im Zelt war es jetzt mucksmäuschenstill.

Der Zirkusdirektor ging in der Manege umher. Er schien zu überlegen, was er als Nächstes machen sollte.

„Wollen wir die arme Miss Bergen aus ihrer misslichen Lage befreien?", fragte er schließlich.

„JAAAA!", jubelten die Zuschauer.

„Na, schön." Ron Simon gab den Befehl, den Sarkophag zu öffnen. Und nachdem dieser von Bill und Phil geöffnet worden war, geschah einige Sekunden lang .... nichts.

Bis die liebe Amelie ihre Augen öffnete und langsam und vorsichtig aus dem Sarkophag heraustrat. Sie wagte einen Blick auf sich hinunter und stellte erleichtert fest, dass sie unverletzt geblieben war. Die hervorgerufenen Glücksgefühle lösten ein manisches Lachen in ihr aus.

Die Zuschauer jubelten.

„Wie fühlen Sie sich, Miss Bergen?"

„Erleichtert", sagte sie, und das sah man ihr auch an. Ihre Gesichtsmuskeln entspannten sich und die überschüssige Luft verließ ihren Brustkorb.

„Die Eiserne Jungfrau ist wohl defekt. Ich habe ein anderes Ergebnis erwartet. Aber leider ist die Garantie an dem Ding gestern abgelaufen. Da kann man nichts machen", sagte Ron Simon. Raunen und Gelächter im Publikum. Was für ein komischer Kauz dieser Zirkusdirektor doch war. Er ließ Amelie, von der er ein leises *Uff* vernahm, keine Zeit, aufzuatmen. „Widmen wir uns nun der zersägten Jungfrau zu. Oder sollte ich sagen, der zersägten Miss Bergen?"

Bill und Phil schoben einen Rollwagen mit einer bunt bemalten Holzkiste darauf in die Manege und öffneten diese. Dann kippten sie den nicht mehr benötigten Sarkophag auf den nun leeren Rollwagen und schoben diesen auf dem Rückweg mit hinaus.

„Was haben Sie mit der Kiste vor?", fragte Amelie. Ihre Erleichterung kippte wieder um in pure Angst. Sie hatte keine Lust mehr auf Überraschungen. Sie wollte nur noch nach Hause. Doch ihr Körper erstarrte. Unklar, ob Rossini sie mit seinen spirituellen Gedanken festhielt, oder ob es an ihr selbst lag. Immerhin schauten alle auf sie. Ihr Auftritt würde in allen sozialen Netzwerken und Medien zu sehen sein. Nein, sie konnte sich vor der nächsten Nummer nicht drücken. Wie sehe das denn aus? Ihre erfolgreiche Zukunft stand auf dem Spiel.

Durchhalten!

„Angst, meine Teure?", fragte der Zirkusdirektor. „Machen Sie sich keine Sorgen. Ich vertraue meinen Künstlern."

Dann wandte er sich an die Zuschauer.

„Meine Damen und Herren, bitte einen lauten Applaus für die bezaubernde Miss Bergen und für den großen Illusionisten und Magier, den großen Rossini.

(Applaus und Standing-Ovation)

Obwohl ihr Kopf Nein sagte, folgte ihr Körper einem unhörbaren Befehl. Sie legte sich wie ferngesteuert in die offene Kiste, die sich sodann ohne sichtbare Hilfsmittel schloss. Am unteren Ende schauten ihre Füße heraus, am oberen Ende ihr Kopf. Aus ihren Augen trat die nackte Panik hervor.

„Mögen Sie die *Saw*-Filme? Kennen Sie die? Wo Menschen in Gefangenschaft geraten und innerhalb weniger Sekunden, oder Minuten, über Leben und Tod entscheiden müssen? Wollen die Betroffenen weiterleben, muss jemand anderes für sie sterben. Oder noch besser, sie müssen selbst ein Opfer bringen, wie etwa die eigene Hand absägen, die mit einer Handschelle irgendwo festgebunden ist. Dafür stellt der Täter dem Opfer extra eine kleine Säge zur Verfügung. Wie nett. Macht die Figur das nicht, stirbt sie durch die tickende Bombe neben sich. Oder die betroffene Person muss den Brustkorb eines angeketteten Freundes aufschneiden, um in dessen Eingeweide den Schlüssel zur verriegelten Tür zu entnehmen, ehe die Zelle sich komplett mit Wasser füllt", sagte der Zirkusdirektor. „Kennen Sie die Filme? Sie brauchen für ein Nein nur mit dem Kopf zu schütteln, und für ein Ja zu nicken. Oh, verzeihen Sie mir, ich vergaß, dass Sie Ihren Kopf nicht bewegen können. Solche Filme geben mir gute Vorlagen für die VIP-Auftritte, verstehen Sie? Aber auch die sieben Sünden aus der Bibel sind nicht zu verachten."

(Stille)

„Okay, ich will Sie nicht unnötig lang in der Kiste zappeln lassen, doch eine wichtige Sache haben Bill und Phil vergessen."

Mit einer Geste forderte er die Clowns auf, diese eine Sache schleunigst zu holen, und so sputeten sie und kehrten mit einer mobilen Vorrichtung zurück: eine große Kreissäge, die auf einer vertikalen Schiene auf und ab bewegt werden konnte.

(Raunen im Publikum)

„Raten Sie mal, was als Nächstes passieren wird", forderte der Zirkusdirektor Amelie scherzhaft auf. Natürlich war dies eine rhetorische Frage, aber Amelie wollte nicht antworten, sie wollte aus der Kiste heraus und versuchte, sich zu winden und zu drehen, aber sie steckte wie eine Maus in der Mausefalle fest; wobei die Maus durch einen Genickschlag längst tot wäre.

Derweil ging Rossini, der große Illusionist und Magier, einmal um die Kiste herum und richtete die Kreissäge über Amelies Beine aus. Er war bereit, den Knopf zu drücken, um die Säge zu starten, und ein weiteres Mal, um sie zu stoppen. Spätestens am unteren Ende der Laufschiene würde die Säge automatisch stoppen und im Leerlauf rotieren.

„Wollen Sie uns noch etwas mitteilen, Miss Bergen? Bevor Sie …? Sie wissen schon", fragte Ron Simon, doch Amelie, gelähmt vor Angst, antwortete nicht. „Na, gut, dann wollen wir mal."

Das rotierende Sägeblatt aktivierte sich mit einem stechenden Geräusch und wanderte, unter dem lachenden Beifall der Zuschauer, über die vertikale Schiene nach unten. Amelie sah das Unausweichliche auf sich zukommen. Allein der näherkommende Lärm war für sie ohrenbetäubend und unerträglich. Kurz bevor die Säge die Kiste erreichte, fiel sie in Ohnmacht. Ihr Gehirn hatte sich abgeschaltet.

Wer einmal dabei zugesehen hat, wie der Nachbar sich mit der elektrischen Heckenschere versehentlich eine Hand abtrennt, beim Sägen von Holz die Elektrosäge auf den Fuß fallen lässt oder sich mit einer Flex ins eigene Bein … nun ja, der weiß, wie es aussieht, wenn ein rotierendes Sägeblatt durch einen Körper gleitet.

Es war schwer, auszumachen, wer lauter kreischte. Die Säge oder die bezaubernde Amelie, die wieder schreiend zu sich kam. Ihre Schreie übertönten die Knackgeräusche, die das Sägeblatt beim mühelosen Durchschneiden der einzelnen Beinschichten verursachte. Es war ein sauberer Cut. Wie in der Chirurgie.

Dann ließ Rossini das Sägeblatt wieder zum Ausgangspunkt hochfahren, was bedeutete, dass das Sägeblatt den zuvor zurückgelegten Weg nahm, also erneut durch Amelies Beine fuhr. Sie schrie pausenlos. Das war das Einzige, wozu sie in der Lage war.

Die kreischende Säge stoppte, und Rossini richtete sie über Amelies Brustkorb neu aus, dann machte sich das Blatt wieder an die Arbeit. Amelies Verstand rekapitulierte. Die Schreie waren nur noch unkontrollierte Reflexe, um den unerträglichen Schmerz aus dem Körper zu stoßen.

In der dritten Runde fuhr das Sägeblatt durch Amelies Kehle, woraufhin die Schreie logischerweise aufhörten. Im stillen Zelt kreischte nur noch die Säge vor sich hin, bis auch diese nach getaner Arbeit verstummte.

Amelies Kopf purzelte nicht nach unten, sondern blieb – wie ein Wunder – am Kistenausgang stecken. Wie ihr Körper war auch die bunte Holzkiste jetzt logischerweise in drei Teile geteilt. Rossini trennte die drei Teile voneinander, sodass die Zuschauer die Querschnitte des Special Guest bestaunen konnten.

Amelie seufzte ein letztes Mal auf. Winzige weiße Lichter traten aus ihrem Körper hervor. Sie schwebten wie feiner Sternenstaub durch die Luft. Sie wurden von der aufleuchtenden Glaskugel am oberen Ende des Stocks angezogen und ließen sich in dieser nieder. Der Zirkusdirektor tanzte dabei mit einem Zahnpastalächeln durch die Manege. Das lachende Publikum klatschte Beifall.

Während Rossini sich verbeugte und anschließend die

Manege verließ, verwandelte sich der regenbogenfarbene Artisteneingang wieder in das bösartige Clownsgesicht. Aus dessen Mund kamen, neben einem dämonenhaften Lachen, zwei Skelette hervor. Es waren Bill und Phil, die nichts Clownartiges mehr an sich hatten. Sie räumten die Utensilien aus der Manege, während die Aufräumkolonne die Überreste der einst süßen Amelie Bergen beseitigte.

Echt schade, um dieses hübsche Ding, dachte Ron Simon.

Die Show war, wie konnte es anders sein, ein voller Erfolg. Schließlich war es *Die größte Show auf Erden*.

Versprochen war versprochen.

Und der Zirkusdirektor war ein Mann, der sein Wort hielt.

Alle lieben Clowns, oder?

Tracey war verärgert. Der Bus war ihr vor der Nase weggefahren. Der Fahrer hatte sie noch gesehen und dennoch ignoriert. Jetzt musste sie unnötigerweise auf den nächsten Bus warten.

An der Bushaltestelle erblickte sie ein Plakat. Mit Bill und Phil als Motiv. *Alle lieben Clowns* hieß der Slogan.

Von wegen, dachte Tracey. Clowns machten ihr Angst, deswegen hasste sie sie. Die roten Nasen, dieses fröhliche Lachen, die bunten Klamotten und die übergroßen Schuhe. Jede Begegnung mit ihnen war ihr ein Graus. Die Psychologen nannten dieses Phänomen Coulrophobie.

Wie damals, zu ihrer Zeit im Kindergarten, als ein Clown zu Besuch war und dieser sie lange und innig umarmt hatte. Sie wäre in seiner Achselhöhle, wo es nach Schweiß und kaltem Zigarettenrauch gerochen hatte, beinahe erstickt. Das Kostüm war lange nicht mehr in der Wäscherei gewesen. So mit all den Flecken darauf. Bereits beim Betreten des Raumes, als der Clown die Kindergartengruppe begrüßt hatte, hatte in seinem fröhlichen Hey-hey-hey! eine Alkoholfahne mitgeschwungen.

Widerlich.

Und im Alter von zehn Jahren hatte sie mit ihren Eltern einen Zirkus besucht. Der Clown war mit einer Torte durch die Zuschauerreihen stolziert und immer wieder vor Besuchern stehengeblieben; und jedes Mal war er unverrichteter Dinge weitergezogen. Die Zuschauer hatten verlegen gelacht, niemand von ihnen wusste, in wessen Gesicht die

Torte landen würde. Und wie konnte es anders sein, hatte der Clown auch vor der zehnjährigen Tracey Halt gemacht, nur um dann mit einem Finger durch die Torte zu fahren und die Tortencreme auf Traceys Nase abzuwischen. Er und die Zuschauer hatte dabei gelacht; nur Tracey nicht. Das damalige kleine Mädchen verstand nicht, was die Menschen an diesen bizarren Wesen amüsant fanden.

Wo bleibt der blöde Bus?

Selbst in Filmen und Büchern waren Clowns unheimlich. Wie der Joker in den Batman-Comics etwa, mit seinem entstellten Gesicht und seinen angeklatschten Haaren. Oder dieser Clown aus Stephen Kings *ES*.

Wie hieß der noch gleich?

Tracey grübelte. Obwohl ihr der Name Pennywise nicht einfiel, so hatte sich das Gesicht des wohl berühmtesten Clowns in ihr Gehirn gebrannt. Wie auch jene Filmszene, in der der kleine Georgie, gekleidet in einem gelben Regenmantel, einem Boot aus Zeitungspapier hinterherläuft, welches vom rauschenden Regenwasser davongetragen und in einen Gully unter der Bordsteinkante gespült wird, wo Pennywise sich dem Jungen vorstellt und …

Mit all den Gedanken um Clowns glaubte Tracey, dass ein solcher gerade um sie herumgetanzt und ihr Haar gestreift hatte, aber als sie prüfend durch ihr Haar fuhr, stellte sie erleichtert fest, dass ihre Frisur noch saß. Dann eine erneute Bewegung im Augenwinkel.

Hier ist doch jemand!

Oder ist das ein Streich meines Gehirns?

Die nächste Person, ein junger Mann, stand drei Meter von ihr entfernt. Wenn jemand an Tracey herumgefummelt hatte, dann musste dieser das doch mitbekommen haben, oder? Mitnichten. Der Mann zeigte keine Regung. Seine Augen blieben unverändert auf sein Smartphone gerichtet; typisch für Passanten, die auf den Bus oder die Metro warteten.

Ein Blick auf das Zirkusplakat und Tracey hätte gewusst, dass sie richtig lag. Die Clowns Bill und Phil waren auf diesem verschwunden, sie mussten demzufolge hier irgendwo herumspuken.

Dann zerschellte etwas auf dem Boden.

Hinter ihr.

„Hey! Was soll der Sch…!", fluchte der junge Mann beim Anblick seines zerstörten Smartphones. Es lag auf dem Bürgersteig. Eine Geisterhand hatte es ihm aus der Hand geschlagen. „Mein neues Handy!"

Der junge Mann schaute nach einem möglichen Täter, aber niemand befand sich in seiner Nähe. Niemand hatte ihn passiert oder gestreift. Hatte sein Gehirn kurzzeitig ausgesetzt? Hatte sich seine Hand unbewusst geöffnet und den Fall des Smartphones verursacht? Verdutzt blickte er zu Tracey. Auch sie war ratlos; und unsicher.

Dann Schreie.

Einen Block entfernt.

Schreie einer Frau, die dem Tod ins Auge sah und ihren letzten Atemzug vollzog …

Michael Muller

Eins musste man ihm lassen, er war von seiner Plakattheorie mehr als überzeugt. Kein Statement und keine Aktion war ihm peinlich, solange es seine Theorie untermauerte. Selbst, wenn er einen Helm aus Alufolie tragen müsste; wie diese Idioten, die glaubten, Aliens würden vom All aus die Gehirne der Menschen ausspionieren. Michael Muller sah aber auch ohne Alufolie aus wie ein Trottel. Wie ein entlaufener Irrer. Wie ein stehengebliebener Öko-Aktivist aus den 1970ern, der im einundzwanzigsten Jahrhundert gefangen war. Auch am heutigen Tag war eine Kamera auf seine Nase gerichtet. Er steckte wie ein Sandwichman zwischen zwei Plakaten – eins vor der Brust und eins auf dem Rücken –, auf denen nicht zitierfähige, gegen den Zirkus gerichtete Anfeindungen standen. Im Hintergrund, wenn auch etwas unscharf, das Zelt des umstrittenen Zirkus.

Der Zirkusdirektor selbst stand in Sicht- und Hörweite und beobachtete das Interview. Seine Hand glitt verzückt und amüsiert durch seinen Schnurrbart. *Schade, dass nicht all meine Kritiker so eine dämliche Figur abgeben wie Mr. Muller*, dachte er, denn seine Kritiker waren gut organisiert und gebildet. Deren Schwachstelle war nicht etwa ein dämliches Äußeres wie das des Alt-Hippies vor der TV-Kamera, nein, deren Schwachstelle waren die verschiedenen Ideologien untereinander. Einige suchten nach diplomatischen Lösungen und friedlichen Wegen, andere schlugen rebellische Handlungen und aggressive Wege ein.

Sie fressen sich mit ihren Ideologien gegenseitig auf. Dabei ver-

lieren sie den Tierschutz vollkommen aus den Augen; und ihr gemeinsamer Gegner kommt davon.

„Mr. Muller, die Ereignisse letzte Nacht dürften in Ihre Karten spielen, oder?", fragte die Reporterin.

„Mir gefällt das doch auch alles nicht. Weder die Ereignisse in der letzten Nacht, noch jene in den Tagen zuvor. Ich will, dass diese bedauernswerten Zwischenfälle aufhören."

„Sie sind also nach wie vor davon überzeugt, dass die Mordfälle mit den Zirkusplakaten in Verbindung stehen, die überall in der Stadt verteilt sind? Tausende wohl gemerkt."

„Es ist doch seltsam, dass bei all den Vorfällen diese Plakate hingen, oder nicht?", stellte der bizarre Mann die Gegenfrage.

„Was ist mit den Vorfällen in Los Angeles, bei denen keine Zirkusplakate hingen? Haben Sie diese auch berücksichtigt?", fragte die Reporterin. Wie ihre Kollegen in den Interviews zuvor, schenkte sie dem Theoretiker keinen Glauben.

Im Hintergrund brach Gelächter aus. Der Zirkusdirektor hatte seine wahre Freude an Mr. Mullers Auftritt. Dem Plakattheoretiker schmeckte das überhaupt nicht.

„Sie wollen mir auch nicht glauben, oder Mr. Simon?" Mr. Mullers Stimme wurde aggressiver; und das Gelächter von Ron Simon immer lauter. Bis dieser sich vor Lachen nicht mehr halten konnte. Die Bauchkrämpfe zwangen ihn, sich nach vorn zu beugen. Er musste sich an seinem Stock abstützen. Die Glaskugel am oberen Ende war zur Hälfte gefüllt.

Mr. Muller drohte, vor Wut im Erdboden zu versinken. Die richtige Temperatur, um den Zementboden des Parkplatzes aufzuweichen, hatte er bereits. Er ging auf den mit Lachkrämpfen geplagten Zirkusdirektor zu. Die Kamera und die Reporterin folgten ihm.

„Das Ende steht uns bevor! Schon bald wird es eine große Katastrophe geben! Und dieser Mann ist dafür verantwortlich!" Mr. Muller zeigte auf den Zirkusdirektor.

Ron Simons Hand, die am Stock immer noch nach Halt suchte, rutschte weiter nach unten. Er ging fast zu Boden vor Lachen.

Mr. Muller schäumte vor Wut und blickte Ron Simon tief in die Augen. „Sie soll der Teufel holen, Mister!"

Bei diesen Worten hörte der Zirkusdirektor auf zu lachen und erwiderte den Blick. „Oh, das hat er bereits, Mr. Muller. Das hat er bereits!" Dann kehrte in seinem Gesicht ein zufriedenes und schelmisches Grinsen zurück. Die Enden seines Bartes bogen sich in die Höhe.

Daraufhin begann der Plakattheoretiker seine Wutrede. „Das werden Sie alle bereuen. Wenn der Himmel in Flammen steht und die Erde bebt, dann werdet Ihr meinen Namen rufen. Ihr werdet sagen ‚Ach, hätten wir auf den weisen Mann, den Propheten, gehört. Wir waren blind. Warum haben wir unseren Glauben gegen seelenlose Handelswaren eingetauscht? Nun wendet sich Gott von uns ab. Nun steht uns das Armageddon bevor'."

Der Zirkusdirektor bekam einen weiteren herzhaften Lachanfall. Und die Reporterin und der Kameramann konnten sich ebenfalls nicht mehr an sich halten.

Mr. Muller tobte und marschierte erzürnt davon. „Diese seelenlosen Barbaren", knurrte er. „Die werden sich noch wundern."

Let Me Entertain You

Die Leute lieben Hollywood-Blockbuster. Im Kino, im Live-TV und über Onlinevideotheken. Rund um die Uhr kann man sich mit Filmen und Serien die Zeit totschlagen. Die Menschen wollen Action erleben, den Thrill erfahren und die Romantik zwischen zwei Personen spüren; es muss so richtig knistern. Gemütlich vom Sofa aus, ohne sich kreativ anstrengen zu müssen. Konsum bis die Augen ausfallen, serviert von den Produzenten und Regisseuren.

Man kann die Filme aber auch „real" erleben. Beispielsweise in den Universal Studios in Hollywood. In den Anfangstagen ließen sich die Besucher dort noch mit den weißblauen Trams durch die Kulissen kutschieren. Sie bestaunten die Shows der Schauspieler und Stuntleute, ohne sich von ihren Sitzen erheben zu müssen.

Eine Station der Tour war die Halle *Stage 50* mit ihrer nachgebauten U-Bahnstation, in der plötzlich ein Erdbeben einsetzt. Die Erde reißt auf, Funken sprühen aus den Stromkästen, ein Tanklaster fällt durch die Decke und eine einfahrende U-Bahn entgleist. Überall brennt es. Wasser rauscht über die Eingangstreppe hinunter und überflutet die Station. Doch bevor die Zuschauer ertrinken, verbrennen oder von Trümmerteilen erschlagen werden, verlassen sie unversehrt die Halle. Der Tanklaster und die U-Bahn, die über Laufschienen geführt werden, fahren zu ihren Anfangspunkten zurück, die Pyrotechnik wird ausgeschaltet und das Wasser abgelassen.

Auch die legendäre Fahrt durch das Fischerstädtchen auf

Amity Island gehörte dazu, wo der weltberühmte weiße Plastikhai aus dem Wasserbecken hervorschießt, die vorbeifahrenden Studiobesucher erschreckt und ein wenig nass macht.

Das mochte damals cool und hipp gewesen sein, aber im einundzwanzigsten Jahrhundert wollte der Parkbesucher MEHR! Der Parkbesucher 2.0 wollte die Grenzen zwischen der Realität und den Illusionen aufbrechen. Er wollte den Thrill und die Action mit allen Sinnen erleben und aufsaugen. Virtual Reality, 4D und andere Synonyme hießen die Zauberwörter. Der Park erfand sich ständig neu, um attraktiv zu bleiben. In ein paar Jahrzehnten, oder in einer entfernten Zukunft, wer konnte das schon sagen, würde man den Besuchern vielleicht wahrhaftig das Fell über die Ohren ziehen, Gliedmaßen abtrennen und das Herz am lebendigen Leib aus dem Brustkorb reißen.

Nun ja, aber nun zurück ins Hier und Jetzt.

Der Film Jurassic Park hatte seit der Veröffentlichung in Jahre 1993 nicht an seiner Faszination verloren. Auch nicht für den siebenjährigen Lukas, der mit den Eltern und seinen beiden älteren Schwestern den Park besuchte.

„Mama, wann sehen wir die Dinos?", fragte er ganz aufgeregt.

„Wir sind damit doch schon gefahren, mein Schatz", erwiderte seine Mutter.

Gleich bei Ankunft waren sie als Erstes in den Jurassic Park Themenpark gegangen, um Lukas zu besänftigen. Aber kaum war die Fahrt zu Ende, wollte er ein zweites Mal damit fahren. Seine Eltern versprachen ihm, zu den Dinos zurückzukehren, sobald sie die anderen Attraktionen bestaunt und besucht hatten. Doch Lukas gab sich patzig, sprach ununterbrochen von den Dinos. Während der Tram Ride Tour war er nölig; und die Fahrten in Krieg der Welten, Der weiße Hai und Bates Motel stellten ihn nicht zufrieden. Auch Fast & Furious nicht, obwohl darin Autos vorkamen. Autos interessierten ihn halt weniger als Dinos.

(... Dinos ... Dinos ... Dinos ...)

Bei der 360-Grad-3D-Darstellung von King Kong war Lukas kurzzeitig glücklich, denn dort prügelte sich der übergroße Gorilla mit Velociraptoren und einem T-Rex herum. Bei Harry Potter und Transformers begann die Jammerei jedoch von vorn.

„Ich will die Dinos sehen!"

„Nachher, Lukas. Was ist mit den Simpsons oder den Minions?", fragte Vater.

„Dinos, Dinos, Dinos!"

„Der halbe Meter nervt", sagte Linda, die mit achtzehn Jahren die ältere der beiden Schwestern war. Fonda war fünfzehn. „Können Fonda und ich zu The Walking Dead rübergehen? Ich kann mir das nicht mehr mitanhören."

„Aber wir wollten doch den Tag gemeinsam verbringen", sagte Vater.

„Dad!", protestierte Linda.

„Ist schon gut, Liebes", lenkte die Mutter ein. „Wir haben Zuhause recherchiert. Fonda darf da schon rein. Ich könnte ehrlich gesagt auch eine Pause vertragen. Sollen die beiden Mädchen zu den Zombies gehen und du mit Lukas zu den Dinosauriern. Ich lege in der Zwischenzeit in einem Café meine Beine hoch."

Ihr Mann schaute sie verdutzt an, gab sich aber geschlagen. „Komm' Lukas, gehen wir", sagte er. Er wusste, dass er bei Widerstand alle Familienmitglieder gegen sich hätte:

seine rebellierenden Töchter, den bockigen Lukas und seine nach Ruhe strebende Ehefrau.

„Dinos gucken, Dinos gucken", jubelte Lukas.

„Linda", sagte Vater, „du passt mir gut auf deine Schwester auf. Sollte sie sich in der Attraktion unwohl fühlen, oder sollte sie Angst haben, dann sag einem Mitarbeiter Bescheid."

Linda rollte mit den Augen. „Wenn es sein muss."

Ich brauche Abwechslung

Wie gern der Zirkusdirektor sich den Besuchern in den Universal Studios gezeigt hätte, aber die Menschen würden ihn erkennen. Einige würden sich freuen und um ein Autogramm bitten. Andere würden ihn anfeinden und an den Pranger stellen, wie etwa die Tierschützer oder die Anhänger der Plakattheorie. Also machte er sich für die wandelnden Seelen unsichtbar. Auf diese Weise machte die ganze Aktion sowieso mehr Spaß.

Die Parkbesucher hatten keine Ahnung, was ihnen bevorstand. Auf dem Weg zur nächsten Attraktion liefen sie an ihm vorbei – oder durch ihn hindurch. Sie wollten ihren Lieblingsfilmen so nah wie möglich sein, und Ron Simon gestattete es ihnen. Näher als es den meisten Besuchern lieb sein sollte. Er betrachtete die aufleuchtende Glaskugel am oberen Ende des Stocks, halb gefüllt mit der weißen Energie, die er aus den bisherigen Seelen gewonnen hatte (die Opfer der Zirkusplakate und die VIPs aus den Zirkusauftritten). Allein der Zirkusdirektor wusste, wozu die weiße Energie diente; warum Menschen dafür sterben mussten.

Um für mehr Abwechslung zu sorgen, wendete er in den Universal Studios eine andere Jagdmethode an.

„Dann legen wir mal los", motivierte er sich selbst.

Showtime

Die Besucher wussten nicht, womit sie es zu tun hatten. Ihre Gehirne beteten für eine Fiktion, oder eine Illusion, doch es war die brutale, schmerzhafte Realität.

Die Decepticons, das waren die bösen Roboter aus Transformers, tobten und wüteten, sie brachten die Menschen wahllos und gnadenlos um, und keiner der Autobots, das waren die Guten, eilte zur Hilfe. Weder Optimus Prime noch Bumble Bee, noch Ratchet.

Bei Harry Potter ließ der böse Lord „Ihr-wisst-schon-Wer" einen Zauberspruch nach dem anderen los. Sein Stab zerfetzte jeden Harry-Potter-Anhänger, auf den er zeigte. Wo Harry war, wusste niemand.

In allen Themenwelten herrschte das Böse, das Chaos. Die Helden blieben fern.

Die Welt von King Kong, die normalerweise nur auf der 360-Grad-Leinwand in 3D existierte, verschmolz sich mit der realen Welt. Die Lianen, Blumen und Bäume waren weniger bedrohlich, als die darin lebenden Tiere. Neben King Kong gab es weitere furchterregende Kreaturen. Sie alle waren hungrig und angriffslustig. Der riesige Gorilla hatte alle Hände voll zu tun, er bekämpfte die zahlreichen Dinos, die von allen Seiten heranstürmten. In all dem Trubel waren die kreischenden Winzlinge, also die Menschen, nur im Weg. Während einige von ihnen vom Riesengorilla höchstpersönlich erdrückt wurden, landeten andere in den Zähnen und Klauen der Dinos.

Den Fans der Serie The Walking Dead erging es nicht anders. Sie suchten den Thrill; und sie bekamen ihn. Im Gegensatz zu den Serienhelden hatten die Besucher keine Pistolen, Speere oder andere Waffen bei sich, um den wandelnden Halbtoten Schaden zuzufügen und diese von sich fernzuhalten. Die Halbtoten röchelten und ächzten; und die Lebenden schrien, ehe sie zu Boden gingen und lebendig verspeist wurden.

Bei all dem Chaos verlor Linda ihre jüngere Schwester.

„Fonda, wo bist du!?", schrie sie und fragte sich, ob ihre Schwester sie überhaupt hörte, bei all dem Geschrei und der Hektik. Sie lief Slalom, wich den Zombies und den zahlreichen Kämpfen zwischen den Lebenden und den Halbtoten aus. Sie sah immer wieder um sich. Doch dann ...

„Fon-daaaaaahhhh ...!"

Ein Untoter verbiss sich in Lindas Hals. Von einem anderen Zombie hörte sie noch ein Röcheln, bevor dieser sich ebenfalls in sie festbiss. Kurz bevor das Leben aus ihr entwich, erblickte sie Fonda; einige Meter von ihr entfernt. Mit ausdruckslosen Augen und einem Zombie am Hals.

Derweil saßen der kleine Lukas und sein Vater in einem Besucherboot, welches auf einer Unterwasserschiene gezogen wurde. Sie fuhren auf ein Holztor zu, welches sich mit Einsetzen der Titelmelodie und der Begrüßung „Welcome to Jurassic Park" öffnete. Dahinter erwartete sie ein Langhals, der im Wasser graste.

„Brachiosaurus!", rief Lukas. Dass ihm derartige Zungenbrecher leicht von der Zunge gingen, aber einfache Wörter wie kaputt („kapusch") ein Hindernis darstellten, blieb für seinen Vater ein Rätsel.

„Brachiosaurus", sagte Lukas erneut.

Es folgten weitere Pflanzenfresser, die der kleine Mann

160

alle mit Namen kannte. Wie etwa Stegosaurus oder Parasaurolophus. Lukas' Vater konnte weder die Namen der Dinosaurier behalten, noch kam er gedanklich mit.

„Dilophosaurus", sagte Lukas begeistert und zeigte auf die zwei Meter große Echse, die frisches Fleisch bevorzugte und in einem leeren Besucherboot auf einer Schwimmweste herumkaute. Man konnte meinen, der Dino habe den Menschen bereits gefressen, der diese einst trug, doch das Besucherboot gehörte zur Deko.

Als Lukas und sein Vater die Boote passierten und die Kraftwerkanlage erreichten, tauchten von beiden Seiten zwei andere Dilophosaurier auf, die ihre Fächer links und rechts am Kopf sodann bedrohlich aufstellten. Lukas verspürte schon ein wenig Angst, aber er wusste, dass dies nur eine Show war. Die Dinos hier waren nur Roboter.

Er hatte sich den Film Jurassic Park unzählige Male angeschaut. Beim ersten Mal war er versehentlich ins Wohnzimmer getappt, weil er nicht schlafen konnte. Da hatte er den T-Rex auf dem TV-Bildschirm entdeckt. Dass die schreckliche Echse gerade einen Menschen fraß, hatte ihn nicht gestört. Es war eben ein Raubtier. Ein ausgestorbenes Raubtier wohl gemerkt. Seine Eltern hatten Bedenken, ihn den Film unter Aufsicht ansehen zu lassen, sie haben tags darauf sogar gemeinsam mit ihm das Making-of dazu angesehen, welches mit auf der DVD war, aber Lukas wusste auch so, dass es nur ein Film war. Er hatte diesen großen Räuber sogar als Spielfigur.

Und aufgrund der ersten Fahrt, hier in den Universal Studios, wusste er bereits, was ihn erwartete.

Erwarten würde.

Normalerweise.

Denn diese Fahrt war etwas ganz Besonderes; eine Special Tour sozusagen. Wie bereits zuvor, ging es wieder in die halbdunkle Röhre der Wasseraufbereitungsanlage hinein, doch dieses Mal tauchten echte Velociraptoren auf. Ihre schrillen Schreie vermischten sich mit dem Gekreische der Parkbesucher.

Lukas' Augen hatten den Velociraptor noch wahrgenommen, der auf ihn zukam, aber sein Gehirn nicht mehr. Noch bevor das Denkzentrum die Signale der Augen empfangen und verarbeiten konnte, war Lukas bereits tot. Sein Vater folgte ihm Sekunden später. Sie verpassten somit den Auftritt des Tyrannosaurus Rex, der König aller Dinos, der sich einen großen Happen aus dem Besucherboot nahm.

Die fleischfressenden Dinosaurier befanden sich in einem Rausch. Die Beute wurde ihnen förmlich in den Mund geschoben. Sie brauchten sich nur hinzustellen und zu warten, bis die Besucherboote über die Unterwasserschiene auf ihre Mäuler zufuhren. Dann bissen die Reptilien zu. Es gab Menschenkeule vom Schenkel und Arm, und die Menschenköpfe flutschten geschmeidig den Rachen hinunter. Die Räuber hatten keine bestimmten Vorlieben. Alle menschlichen Körperteile, die sie verzerrten, erfüllten ihren Zweck und waren garantiert lecker.

Feierabend für heute?

Ron Simon stand vollkommen berauscht inmitten des Chaos und blickte auf die Glaskugel. Diese füllte sich fast bis zum Rand mit der weißen Energie, die wie intergalaktischer Sternenstaub aussah. Der Anblick stimmte ihn zufrieden. Sehr sogar. Was für ein ertragreicher Tag das doch war.

Nachdem er die Besucher in den Universal Studios ordentlich erschreckt und viele ihnen gekillt hatte, gab er am selben Tag noch zwei Zirkusveranstaltungen, die ebenfalls erfolgreich verliefen.

Dennoch wollte er sich einen kleinen Nachschlag gönnen.

Die Kinovorstellung

Die drei Freunde Tim, Jamal und Mathias freuten sich auf den Kinoabend, auf die Vorstellung um Mitternacht.

Am Eingang des Lichtspieltheaters entdeckte Mathias ein Zirkusplakat, welches Shauna und eine riesige Anakonda zeigte. „Hey Jungs, schaut euch mal diese heiße Schnitte an", sagte er.

„Komm' schon", erwiderte Tim. „Das ist eine Fotomontage. Das sieht man doch. Diese Frau sieht nie im Leben so fantastisch aus. Und solche großen Anakondas gibt es nicht, nicht einmal im Amazonas."

„Mich interessiert doch nicht die Schlange, Jungs. Obwohl, wenn die Dame mit dieser fertig wird, dann auch mit meiner."

Während seine Kumpels hineingingen und ihn schmunzelnd und kopfschüttelnd auf der Straße stehen ließen, nahm Mathias das Plakat wie hypnotisiert von der Wand. Er rollte es behutsam zusammen, sodass Shauna keine Falten bekam, und steckte es vorsichtig in seine Umhängetasche.

„Mathias, wo bleibst du? Knipst du mit dem Handy ein Foto von ihr, oder was?", rief Jamal vom Foyer aus auf die Straße.

Auf dem Dach angekommen, war Shauna vergessen, schließlich mussten die drei Freunde noch Tickets kaufen, sich mit Snacks und Getränken eindecken und gute Sitzplätze ergattern. Und ja, pinkeln mussten sie auch.

Das Kino hatte weder Wände noch eine Decke. Über den

Köpfen der Zuschauer, die mit Kopfhörern und 3D-Brillen in Liegestühlen saßen, offenbarte sich der dunkle Himmel.

Der Projektor, der in einer über zwei Meter großen Popcorntüte versteckt war, warf den Film pünktlich auf die Leinwand, und die drei Freunde schaufelten sich das erste Popcorn rein. Was im Mundraum und Hals stecken blieb, spülten sie mit ihren Getränken herunter.

Als der Film einige Minuten alt war, tippte Mathias seinen Freund Tim an, der daraufhin ein Ohr vom Kopfhörer freimachte.

„Dieser 3D-Effekt ist einfach nur genial. Findest du nicht auch? Diese Farben. Diese Konturen. Der Dschungel wirkt so lebensecht."

Tim lachte. „Was ist los mit dir? Der Film spielt in Manhattan und Tokyo. Da kommt kein Dschungel vor."

„Haha, ich lache später", meinte Mathias unbeirrt. „Ernsthaft, das sieht wirklich cool aus. Vor allem die Anakonda."

„Was für eine Anakonda?", fragte Tim.

„Na die, die mich anschaut."

„Hast du dir etwas eingeschmissen?", fragte Jamal, der die Unterhaltung der beiden Freunde mitbekommen und die Kopfhörer ebenfalls abgenommen hatte.

„Jungs, da kommt wirklich eine Schlange auf mich zu. Ist das nicht cool?"

Mathias glaubte, dass seine Kumpels ihn verschaukelten, denn die Schlange war ja selbst dann noch zu sehen, nachdem er die 3D-Brille abgenommen hatte. Sie kam auf ihn zu.

Seltsamerweise reagierte sonst niemand auf die Bedrohung. Die Kinobesucher schauten vergnügt den Film, und die Angestellten verkauften weiterhin Popcorn und Getränke.

Warum sieht niemand dieses gewaltige Reptil?

Die Zunge der Schlange zuckte vor seinem Gesicht.

Nein, das passiert nicht wirklich. Ich halluziniere.

Die Zunge ertastete seine Nase.

Nix wie weg!

Der Kopfhörer flog von seinem Kopf. Er sprang über seine Kumpels hinweg zum Mittelgang, rannte von der Leinwand weg und stoppte vor einem Gitterzaun, der verhinderte, dass Leute versehentlich vom Dach in die Tiefe stürzten. Was unter normalen Umständen auch funktionierte, aber nicht bei Menschen, die panisch vor einer Riesenanakonda flohen. Mathias kletterte den Gitterzaun hoch und blickte hinter sich.

Tim und Jamal waren ihm gefolgt, sie standen am Fuß des Zauns und flehten ihn an, wieder herunterzukommen.

„Warum seht ihr sie nicht?!", schrie Mathias.

Der Film war mittlerweile unterbrochen worden, und alle Kinobesucher lenkten ihre Sensationsgier auf den panischen jungen Mann. Ein Angestellter alarmierte die Polizei.

Trotz all der Zurufe fokussierte Mathias die riesige Anakonda, die Tim, Jamal und die anderen Kinobesucher elegant umkurvte. Er saß in der Falle. Zurück aufs Dach konnte er nicht, denn die Anakonda baute sich bedrohlich vor ihm auf. Und auf der anderen Seite des Zauns erwartete ihn ein tiefer Fall.

„Spring, Mathias!", rief eine fürsorgliche Stimme.

Verwirrt starrte er in die Seitengasse hinunter, wo eine wunderhübsche Frau mit großen Brüsten ihn anlächelte. *Shauna? Woher kennt sie meinen Namen?*

„Komm zu mir, Mathias. Ich freu mich auf dich."

Ihre Stimme ist so verlockend!

„Spring! Dir wird nichts passieren. Lass dich einfach fallen." Zwischen Shauna und der Wand des Gebäudes lag eine blaue Matratze auf dem Boden. Für eine weiche Landung musste Mathias sich nur fallen lassen.

Sie sieht so verdammt gut aus, … und sie will mich!

Was hatte er schon zu verlieren? Er konnte nicht auf ewig auf dem Zaun sitzen bleiben. Er musste sich entscheiden. Entweder vom Zaun heruntersteigen und zu seinen Freunden zurückkehren, wo die Anakonda ihn verschlingen würde, oder sich auf die Matratze fallen lassen und mit Shauna durchbrennen; heiße Liebesnächte inklusive. Dafür nähme er die möglichen Prellungen durch den Fall gern in Kauf.

Tim und Jamal ahnten, was Mathias beabsichtigte.

„Tu das nicht!"

„Stell bitte nichts Dummes an!"

Mathias schaute seine beiden Kumpels an, lächelte und löste seine Finger vom Zaun. Dann verlagerte er sein Körpergewicht in Richtung Seitengasse.

Tim, Jamal und die anderen Anwesenden hörten, wie der Körper aufschlug. Statt des zu erwartenden dumpfen Aufpralls hatte es einen lauten Knall gegeben. Als wenn Mathias auf einen großen Gegenstand aus Metall gefallen war. Sie blickten hinunter und sahen den Mann leblos auf einem großen blauen Müllcontainer liegen. Sein Kopf hing genau an der Kante des Behälters nach unten. Seine Gelenke waren gebrochen und verdreht.

Die Polizei fand später keine verdächtigen Substanzen bei ihm. Dafür aber ein zusammengefaltetes Zirkusplakat in seiner Umhängetasche; mit Shauna darauf.

Watson

„Findest du das nicht seltsam?", fragte Peter, der den Kaffee für das Frühstück zubereitete.

„Was genau meinst du, Watson? Ich finde den ganzen Zirkus bizarr. Besonders den Zirkusdirektor", antwortete April, die auf der Gästematratze stand und sich streckte. Nach dem Zwischenfall in den Universal Studios war sie zu Peter geeilt und über Nacht geblieben. Sie hatten das Ereignis den ganzen Abend lang im Fernsehen verfolgt und nebenbei im Internet über den Zirkus recherchiert.

„Es wird so vieles über den Zirkus berichtet, aber nichts von den Shows selbst", sagte Peter. „Selbst die aufgetretenen VIPs schweigen, die seitdem seltsamerweise spurlos verschwunden sind. Niemand hat sie mehr gesehen."

„Journalisten und Stimmen im Internet haben dies bereits bemängelt, aber solange man nicht über die Leichen der VIPs stolpert …"

„Willst du auch einen Kaffee?", unterbrach Peter sie, der in der Hand eine leere Tasse hielt.

April nickte. „Heutzutage wird doch alles gepostet, und werden täglich Millionen Selfies hochgeladen. Der eine oder andere Special Guest muss doch etwas online gestellt haben, um sein Erlebnis mit der Familie, mit Freunden und Kollegen zu teilen, und um Likes und Kommentare zu erhalten. Aber selbst der Zirkus hat bisher keine Bilder oder Berichte seiner Auftritte veröffentlicht. Es gibt einfach nichts. Das finde ich mehr als bizarr."

„Trink erstmal. Wir werden das eine oder andere Rätsel

noch lösen", sagte Peter und hielt ihr die gefüllte Kaffee-tasse hin.

Sie setzten sich aufs Sofa und schalteten den Fernseher ein, um die neuesten Nachrichten zu konsumieren.

„Hast du dich eigentlich schon entschieden?", fragte Peter.

„Für was soll ich mich denn entschieden haben?"

„Mr. Simons Einladung, zu seiner Charity-Show zu kommen. Streng genommen haben wir ihm ja zugesagt. Zumindest ich."

April nippte an ihrem Kaffee und überlegte. Sie war innerlich zerrissen. Sie bekam weder ein konkretes Ja, noch ein bestimmendes Nein über ihre Lippen.

Besuch am frühen Morgen

Wer säht, der wird ernten. Die Frage war nur, was? Ihm war klar, dass er für das, was gegenwärtig in Los Angeles geschah, verantwortlich gemacht wurde; auch wenn die Protestierenden es bisher bei einem Blabla und fliegendem Speichel beließen. Noch standen sie nicht mit Fackeln und Forken vor seinem Zelt, noch hing er nicht am Pranger, aber es brodelte, und die bevorstehende Apokalypse schickte bereits ihren Boten.

Es war noch früh am Morgen. Die Sonne hob den blauen Himmel aus der Dunkelheit hervor, und die Vögel sangen um die Wette, als Ron Simon die Ruhe vor dem Sturm genoss und einen Polizeiwagen in Begleitung von zwei Motorrädern beobachtete. Sie fuhren die Straße zum Stadionparkplatz hinauf.

„Dann wollen wir mal", sagte er und zupfte sich seinen Schnurrbart zurecht.

Der Officer stieg aus dem Dienstfahrzeug. Als er auf den Zirkusdirektor zuging, schob er seine Sonnenbrille weiter die Nase rauf. In seiner anderen Hand hielt er einen Briefumschlag. Seine beiden Kollegen blieben auf ihren Motorrädern sitzen und musterten die Szene.

„Guten Morgen, Officer Jones. Wie schön, Sie wiederzusehen. Ein wundervoller Tag heute, nicht wahr?"

„Das bezweifle ich. Sie haben diesen Parkplatz innerhalb von vierundzwanzig Stunden zu räumen."

Der Zirkusdirektor nahm den Umschlag entgegen, öffnete diesen und las sich die Verfügung durch. „Weshalb habe ich die Stadt zu verlassen, Officer? Auf welcher gesetzlichen Grundlage denn?"

„Sagen wir mal so, es ist eine Bitte von Seiten der Behörde, Ihr Gastspiel vorzeitig zu beenden. Wenn Sie dieser Bitte folgen, können beide Seiten ihre Gesichter bewahren. Ich meine, diese Plakatgeschichte und der gestrige Vorfall im Filmpark, das wirft einen schlechten Schatten auf Ihren Zirkus. Viele Bewohner fühlen sich unsicher. Man sagt, dass dies das Werk des Teufels sei. Manche behaupten sogar, dass Sie höchstpersönlich der Teufel sind. Zudem werden alle Personen, die in Ihren Shows als VIP aufgetreten sind, vermisst. Laut Aussagen der Angehörigen hat man sie seitdem nicht mehr gesehen."

Der Zirkusdirektor lächelte. „Ich habe die Medienberichte verfolgt, Officer. Glauben Sie auch, dass ich King Kong zum Leben erweckt habe? Dass ich irgendwelche Dinosaurier auf die Menschen gehetzt habe? Oder irgendwelche Zombies? Glauben Sie etwa auch, dass ich der Teufel in Person bin?" Der Zirkusdirektor hob seine Arme wie ein Messias. „Sie wissen schon, dass das Gerede völliger Blödsinn ist, oder?"

„Sie wissen genauso gut wie ich, dass die Bürger von ihrer Behörde und ihren Politikern zeitnahe Lösungen erwarten", erwiderte Officer Jones.

„Sie wollen also damit sagen, dass ich vor dem Gesetz weiterhin unschuldig bin?"

„Offiziell liegt nichts gegen Sie vor, richtig."

„Sie wissen schon, dass ich mein Zelt auf dem Parkplatz des Stadions aufgeschlagen habe? Somit Privatbesitz?"

„Mag sein, Mr. Simon, Sie wissen demnach aber sicherlich auch, dass, wenn von Ihrer Show eine Gefahr für die

Allgemeinheit ausgeht, wir entsprechend eingreifen müssen."

„Gewiss, Officer, aber derzeit liegt nichts gegen mich vor. Die Verfügung in meinen Händen ist lediglich eine Bitte. Ein Ausdruck der Hilflosigkeit seitens der Behörden und der Politik. Und der Besitzer der Los Angeles Dodgers hat sich noch nicht gemeldet. Wobei ihm das teuer zu stehen kommen würde, sollte er den Vertrag ohne einen stichfesten Grund vor Ablauf kündigen. Ich werde die Charity-Show heute Abend wie geplant stattfinden lassen."

Officer Jones schwieg, begab sich zu seinem Dienstfahrzeug zurück und fuhr mit den beiden Kollegen auf den Motorrädern davon. Der Zirkusdirektor schaute ihnen nach, bis sie nicht mehr zu sehen waren.

Sie wollen mir Steine in den Weg legen? Nicht mit mir, meine Herren. Stellen Sie sich hinten an. Die Plakattheoretiker und die Tierschützer wollen auch etwas vom Kuchen abhaben.

Martas große Chance

Es waren nur noch wenige Stunden bis zu ihrem VIP-Auftritt. Sie wusste, dass sie von Natur aus umwerfend aussah, aber sie wollte nichts dem Zufall überlassen. Ja, ihr Schicksal war es, Supermodel zu werden. Was ihr in Europa versagt blieb, sollte in Los Angeles, in der Traumfabrik der USA, wahr werden. Keine Miss-Einkaufszentrum-Wettbewerbe in Prag mehr, keine Eröffnungsshows für drittklassige Autohäuser in Moskau. Nein, solche sinnlosen Events waren ab jetzt Geschichte.

Der Zirkusdirektor hatte ihr Talent, ihr wahres Schicksal, erkannt. Er war ihr Förderer, und sie setzte alles daran, diesen Auftritt für sich zu nutzen. Okay, sie musste ihre Aufmerksamkeit mit diesen Obdachlosen und Fixern teilen, aber nur für einen Abend. Für wenige Stunden. Danach sollte ihr Name in aller Munde sein. Nach dieser Veranstaltung würde man nur noch von Marta Morosow sprechen, dem Supermodel aus Europa.

Zuvor musste sie sich aber noch entscheiden, was sie anzog. Ein hautenges Top, und dazu einen Minirock? In welcher Farbkombi? Oder doch lieber ein knappes Kleid? Sollte sie ihre langen Haare offen oder geschlossen tragen? Und was war mit ihren sexy Füßen? Einerseits wollte sie dem Publikum diese nicht vorenthalten, andererseits aber ekelte sie sich vor dem Staub und den Spänen in der Manege. Zudem könnte sie sich während des Auftritts Hautabschürfungen und blaue Flecken zuziehen. Verletzungen aber wären für Marta eine Katastrophe, denn diese würden ihre zarte Haut ruinieren. Ihre perfekte Schönheit war doch schließlich ihr Kapital.

Der Abend der Abende

In Skid Row herrschte helle Aufruhr. Zirkusdirektor Ron Simon hatte sein Versprechen, einige Obdachlose kostenlos zu einer Show einzuladen, wahrgemacht und dieses Versprechen öffentlich angekündigt. Entsprechend viele Menschen waren am Treffpunkt erschienen, um der Abholung der Auserwählten beizuwohnen. Schaulustige, Fotografen, Kameraleute, Reporter, sie alle standen in der 5th Street, zwischen der Los Angeles Mission und des San Julian Parks, und warteten. Es war ein gesellschaftliches Ereignis. Für einen kurzen Moment gab es eine friedliche Koexistenz zwischen den Zombies … oh, Verzeihung … den Bewohnern von Skid Row und den anderen Menschen, die sich von diesen täglich distanzierten.

Drei schwarze Busse Deluxe tauchten auf. Schon von außen sah man den Fahrzeugen an, dass darin der pure Luxus wartete. Den eingeladenen Gästen sollte es auf dem Weg zum Zirkus an nichts fehlen. Und so strahlten die Augen der Anwesenden im Einklang mit dem glänzenden Lack der Felgen und den Halogenscheinwerfern der Busse. Solch ein Bling-Bling und Scheinwerferinferno hatte es in Skid Row seit langer Zeit nicht mehr gegeben, abgesehen von den allabendlichen Suchscheinwerfern der Polizeihubschrauber am Nachthimmel von Los Angeles.

Die Busse kamen zum Stehen und öffneten ihre Türen. Aus dem vordersten Bus tauchte ein Kopf mit Zylinder auf. Der Zirkusdirektor stieg jedoch nicht aus, sondern blieb auf der letzten Stufe stehen und winkte den Medien und den

Schaulustigen zu. Bereits im Vorfeld hatte er mitgeteilt, an diesem Abend keine Interviews zu geben, dennoch warfen die Reporter ihm die Fragen zu, die an seinem Lächeln und Winken wirkungslos abprallten.

„Sind Sie für die schrecklichen Szenen in den Universal Studios verantwortlich, wie die Plakattheoretiker es behaupten?"

„Mr. Simon, warum findet die heutige Show statt? Die Behörden haben Sie doch aufgefordert, die Stadt zu verlassen?"

Die auserwählten Bewohner von Skid Row stellten sich vor den drei Bussen brav in Reihe und stiegen ruhig und geordnet ein. Sehr zur Verwunderung der Schaulustigen und Medien, die ein Hauen und Stechen erwartet hatten. Was niemand wusste: Ron Simon war einen Tag zuvor in Skid Row gewesen und hatte jedem Auserwählten eine Nummer überreicht, nach der man sich aufzustellen hatte. Er war ein Meister der Hypnose. Wenn er mit den Leuten sprach und einen Wunsch äußerte, so folgten sie unbewusst seinen Anweisungen.

Doch wer glaubte, dass dies ein langweiliger Abend werden würde, der irrte, denn schon kam ein Streifenwagen herangefahren und hielt quer vor dem ersten Bus. Aus dem Dienstfahrzeug stieg ein alter Bekannter aus, der über das erneute Aufeinandertreffen nicht erfreut war und eine freundliche Begrüßung übersprang.

„Mr. Simon, ich muss Sie bitten, sich mit den Bussen rasch zu entfernen. Sie hindern den Verkehr. Zudem gefährden Sie durch Ihre Anwesenheit die Passanten und andere Verkehrsteilnehmer", sagte Officer Jones.

„Aber, aber, ich stehe hier lediglich mit drei Bussen am Straßenrand. Die Medien und Schaulustigen sind es, die die Fußwege und Straßen belagern", redete der Zirkusdirektor seine Verantwortung klein.

„Das mag sein, aber Sie haben die Medien hierher bestellt. Wenn Sie mit den Bussen wegfahren, verschwinden auch die Medien und Schaulustigen von der Straße und den Fußwegen." Officer Jones schaute in die Menschenmasse. „Sie wollen Ihre Show heute Abend also wirklich durchziehen? Trotz der Bitte der Behörden, Ihr Zelt abzubrechen?"

„Ich bin ein freier Mann, Sir!"

„Na, schön. Wir eskortieren Sie ohne Umwege zu Ihrem Zirkus. Sie wissen aber, dass ich Ihnen die Fahrt in …"

„Rechnung stellen muss. Gewiss, Sir!", sagte der Zirkusdirektor gelassen. „Aber bitte warten Sie noch kurz!"

„Warten? Worauf?"

„Auf unseren VIP."

Ron Simon ging auf die schwarze Limousine zu, die just in diesem Augenblick in die Straße einbog und hinter den drei Bussen hielt.

Marta Morosow stieg aus. Die Blitzlichter reflektierten in den Gläsern ihrer Sonnenbrille und auf den Seidenstrümpfen, die ihre schlanken Beine umhüllten. Sie hielt den Kameras selbstbewusst ihre Schokoladenseite hin und posierte. Das selbsternannte Model genoss die Aufmerksamkeit um ihre Person.

„Miss Morosow, schön, dass Sie gekommen sind", wurde sie vom Zirkusdirektor begrüßt.

„Ich stelle Ihnen meinen Bekanntheitsgrad gern zur Verfügung", erwiderte sie, „damit Sie den Ruf Ihres Zirkus wieder aufbessern können."

Diplomatisch betrachtet, hätte sich Marta beim Zirkusdirektor bedanken müssen und nicht andersrum, aber er sah darüber hinweg. Ihn störten die Allüren des Z-Promis nicht.

Vielmehr freute er sich darauf, sie später persönlich beglücken zu dürfen, ehe sie von … nun ja … alles zu seiner Zeit.

„Mr. Simon! Ich möchte Sie und das Model bitten, in die Fahrzeuge zu steigen, damit wir losfahren können." Die Stimme des Officers klang fordernd und genervt. In seinen Augen bedeutete der Zirkus nur Ärger, und das seit Tagen. Aber ohne gesetzliche Handhabe war er machtlos.

Die Fahrzeuge setzten sich in Bewegung. Der Polizeiwagen voran, die Limousine und die Busse hinterher. Die Reporter sprinteten zu ihren Ü-Wagen. Sie wollten den Konvoi nicht aus den Augen verlieren. Je näher sie dranblieben, desto bessere Bilder versprachen sie sich.

Für die Medien war das *die* Story in der Stadt. Silikonzwischenfälle, Drogenskandale, Liebeleien und Trennungen unter den Stars gab es hier täglich, und würde es künftig zur Genüge geben, aber ein Zirkus, der in Los Angeles gastierte und seit dessen Aufenthalt für bizarre Umstände und Todesfälle sorgte, war einfach grandios.

Der Konvoi fuhr auf dem kürzesten Weg zum Dodgers Stadium. Doch am Downtown Gate, eine Zufahrt zum Stadion, hinderte eine Menschenansammlung die Fahrzeuge daran, weiterzufahren. Plakattheoretiker, Tierschützer und andere Gruppierungen protestierten mit Bannern, Fahnen und Schildern gegen den Zirkus. Ihre Sprechchöre waren meilenweit zu hören. Am Himmel kreiste ein Helikopter des Los Angeles Police Departments, und drei weitere von verschiedenen Fernsehsendern.

„Ist diese Demo angemeldet?", fragte Ron Simon, der aus dem Bus stieg.

„Nein, mir ist nichts bekannt", antwortete Officer Jones, der seinen Streifenwagen verlassen und sich zu ihm gesellt hatte. „Aber man sagte mir über Funk, dass die Zufahrt zum Sunset Gate ebenfalls von Demonstranten blockiert wird."

„Ich weiß, dass Ihnen das nicht gefallen mag, Officer, aber wenn die Demo nicht angemeldet ist, ist sie illegal. Demnach muss sie geräumt werden, nicht wahr?" Ron Simon fand die Szene amüsant. So viele Menschen beschäftigten sich mit seinem Zirkus. „Diesmal zahle ich nicht", trat er verbal nach. Es ging ihm nicht um das liebe Geld, davon hatte er ja bekanntlich genug, es ging ihm schlicht ums Prinzip. Er war hier nicht der Verursacher, wozu also das Portemonnaie zücken?

Officer Jones knirschte mit den Zähnen. Allein konnte er die Straßenblockade nicht auflösen und forderte über Funk Verstärkung an.

Vierzig Minuten später wurde der Konvoi von der Polizei sicher durch das Feld der Demonstranten und weiter zum Zirkusgelände geführt, wo nur die geladenen Gäste aus Skid Row und das Model Marta Morosow Zugang erhielten. Die Medien, die ihnen gefolgt waren, mussten draußen bleiben und gaben sich vorerst mit den Tierschützern und Plakattheoretikern zufrieden, die ihre Wut und ihre Ängste in die Mikros und Kameras posaunten.

Auch Mr. Muller wurde nicht müde, seine Argumente vorzutragen. „Die benutzen die Plakate als Portale", sagte er. „Und wahrscheinlich eine Art Gas, womit die Opfer empfänglich gemacht werden. Für irgendwelche Illusionen oder so. Keine Ahnung. Zumindest sind die Opfer dann neben der Spur und können leichter umgebracht werden. Zum Wohle der nach Mord lüsternen Zirkusleute."

„Waren Sie bei einem Zwischenfall mit einem Zirkuspla-

179

kat anwesend, Mr. Muller?", wurde er von einer Reporterin aus seinem Monolog gerissen.

„Wie?"

„Ich fragte, ob Sie Augenzeuge eines Zwischenfalls mit einem Zirkusplakat gewesen sind?"

„Nein, aber …"

„Woher nehmen Sie dann Ihr Wissen?"

„Sie zweifeln meine Theorie an? Was ist mit Lachgas? Es ist farblos, geschmacklos und geruchlos."

„Die Todesopfer haben sich alle in der Öffentlichkeit aufgehalten. Sie starben am Observatorium, an einer Bahnhaltestelle oder vor der Walt Disney Concert Hall. Sie waren nie allein. Wenn ein Gas die Ursache ist, so müssten auch andere Menschen dieses eingeatmet haben, oder? Warum ist denen nichts passiert?"

Ein Reporter kam hinzu und fragte: „In den Universal Studios hat man weder Zirkusplakate gefunden, noch von einem Gasgeruch oder Ähnlichem berichtet. Wo besteht hier der Bezug zum Zirkus?"

Der Plakattheoretiker wurde von den Reportern rhetorisch in die Ecke gedrängt. Er gab nur noch unkontrollierte Laute von sich und rang stammelnd nach Worten. Dann sah er den Zirkusdirektor und das Model Marta Morosow auf sich zukommen. Und so kriegte er sich wieder ein und predigte unbeirrt weiter. „Der Zirkusdirektor ist der Teufel in Person! Eine riesige Katastrophe steht uns bevor! Noch heute Nacht! Sie werden schon sehen."

Doch all sein Geschrei half nichts. Seine fünf Minuten Ruhm waren verblichen. Alle um ihn herum schmunzelten nur und lachten ihn aus. Und als Ron Simon mit dem Model Marta Morosow am Eingang des Zirkusgeländes stand, drehten die Reporter dem durchgeknallten Plakattheoretiker den Rücken zu. Stattdessen bombardierten sie jetzt den Zirkusdirektor mit Fragen.

„Mr. Simon, sind Sie für die Morde in den Universal Studios verantwortlich, wie Mr. Muller behauptet?"

„Mr. Simon, wird das heute Abend Ihre letzte Show sein? Werden Sie morgen die Stadt verlassen?"

„Warum machen Sie eine Wohltätigkeitsshow für die obdachlosen Drogenjunkies aus Skid Row?"

Der Zirkusdirektor ignorierte den Hippie und den Ansturm an Fragen, er wartete, bis die Medien sich beruhigten. Dann sprach er in die Kameras: „Ladies and Gentleman, ich möchte Ihnen das europäische Model Marta Morosow vorstellen, unser heutiger VIP der Show. Sie wird Ihnen für Fragen zur Verfügung stehen. Ich muss leider zurück und mich vorbereiten. Ich bedaure, dass Sie die Gerüchte um meinen Zirkus anheizen."

Zum Abschied hob er seinen Zylinder und ließ Marta Morosow im Blitzlichtgewitter allein, die sich in diesem sonnte.

Ungewohnte Aufmerksamkeit erhielten auch die Zombies aus Skid Row. Einige von ihnen gingen auf die Reporter zu und durften etwas in die Kameras sagen. Sie waren aufgeregt und freuten sich auf diesen Abend. Es war eine schöne Abwechslung zu ihrem tristen Alltag, der sich wie eine Endstation anfühlte. In manchen Augen sah man die Kindheitserinnerungen an einen Zirkus lebendig werden. Ja, sie waren dankbar dafür, dass der Zirkusmann sie ernst nahm. Aber ihnen war bewusst, dass dieser eine Abend ihren Alltag in Skid Row nicht verändern würde, denn der Zirkus war die Attraktion und der Sündenbock zugleich. Ihm galt die volle Aufmerksamkeit. Doch dieser würde schon bald sein Zelt abbrechen und andernorts neu auf-schlagen. Die Bewohner von Skid Row hingegen würden weiterhin in ihrem Moloch hausen und in ihrer eigenen Scheiße sitzen, umgeben von Spritzen und Elend. Los Angeles würde sie wieder ausblenden und vergessen.

Indes war der Zirkusdirektor daran, in seinen Trailer zu gehen, als eine weibliche Stimme ihn begrüßte.

„Hallo, Mr. Simon."

„Oh, Miss Harbor, schön, dass Sie meiner Einladung gefolgt sind", erwiderte er, mit der Hand an der Tür seines Trailers. Er nickte Peter Nathan zu, der höflich zurücknickte. „Wie Sie sehen, hat mich die Demonstration etwas aufgehalten, sodass ich leider keine Zeit mehr habe, Sie über das Gelände zu führen. Ich muss mich auf die Show vorbereiten. Daher fühlen Sie sich frei, auf eigene Faust eine Erkundungstour zu machen. Sie können überall Ihre Nase reinhalten; außer in die Käfige der Tiger und Löwen natürlich." Er grinste. Seine Zähne kamen bis zum Anschlag zum Vorschein.

„Das werden wir", sagte April.

„Sehr schön, aber jetzt bitte ich Sie, mich zu entschuldigen!" Ron Simon verneigte sich leicht und ging in seinen Trailer.

Peter und April starteten sodann ihren Rundgang über das Gelände. Was sie sahen, entsprach ihren Vorstellungen. Die Tiere standen sich auf kleinen Arealen oder in Zirkuswagen die Füße, Pfoten und Kufen platt, oder drehten Achten. Hinzu kamen die Trainings und Aufführungen, in denen die Tiere Bewegungsabläufe ausführen mussten, die nicht ihrer Natur entsprachen.

April dachte: *In der Welt des Zirkus gibt es kein Gestern und kein Morgen. Es gibt nicht einmal ein Heute; es gibt nur das Hier und Jetzt. Kein Zirkusbesucher will Leid sehen. Auch die Bewohner aus Skid Row vergessen ihre Alltagssorgen und blenden die Schattenseiten des Zirkus aus. Sie wollen sich einfach nur der Illusion hingeben und Spaß haben. Sie sind nicht anders als die Kinder, die mit aufgemalten Tiergesichtern und strahlenden Augen vor den Elefanten und Tigern stehen.*

„Wollen wir reingehen?", fragte Peter, und April gab nach.

„So sei es, Watson."

Möge die Show beginnen!

Die *Zombies* aus Skid Row trampelten mit ihren Füßen auf den Boden, klatschten wild in die Hände, schrien und pfiffen. Einige von ihnen hatten Schminke im Gesicht, wie sonst die Kinder in den Shows zuvor. Für eine Weile waren sie keine Obdachlose, sondern Tiger, Pinguine, Schmetterlinge oder Zebras; und ihre lebhafte Freude darüber, im Zirkuszelt zu sitzen, war nicht minder die eines Kleinkindes.

Kaum zu glauben, dass sie wenige Stunden zuvor mit blassen Augen, toten Mienen und Nadeln in den Armen durch die zugemüllten Straßen von Skid Row umhergewandelt waren. Es wurde gejubelt, gelacht, geschrien und geheult, und in der Manege stand der Zirkusdirektor mit dem breitesten Grinsen der Welt. Mit der linken Hand hinter dem Ohr sagte er: „Der Zirkus kann Euch nicht hööören!"

Es wurde noch mehr getrampelt, geklatscht und geschrien. Peter und April saßen derweil regungslos auf ihren Sitzen und beobachteten die Szene.

Der Zirkus erwachte zum Leben, und das Abendprogramm bot wenig Überraschendes. Für die Zirkuscrew war es *business as usual*, aber den Zuschauern vermittelte man die Botschaft, wie einzigartig die Show am heutigen Abend doch sei. All der Glamour. All die lächelnden Gesichter. Die fröhliche Musik. Der Duft nach Popcorn, Karamell und Sägemehl. Das gesamte Spektakel. Das Gewöhnliche wurde zu etwas Ungewöhnlichem. Rufus, der große Rossini, Madame Madusa, die Gebrüder Wraight und die bezaubernde

Assistentin Shauna gaben alles. Für die heutige Show galt wieder das Prinzip: *Die beste Show aller Zeiten, die größte Show auf Erden.*

So wunderschön bunt und aufregend die Show für die Zuschauer war, für April war der Zenit überschritten. Das ganze Entertainment war nichts weiter als pure Tierquälerei, und die Zuschauer bejubelten das.

Sie bereute es nun, der Einladung von Ron Simon gefolgt und zur Show gegangen zu sein. Hinzu kam, dass das Heu, das Sägemehl und die Pferdehaare im Zirkuszelt durch die Luft wirbelten. Ihre Augen erröteten und quollen an; und die angeschwollene Nase verwandelte sich in einen Rotzschleuder. Der Kreislauf schwächelte. Sie sehnte sich nach dem Freien, brauchte frisch Luft. Sie sprang auf und quetschte sich an den Zuschauern vorbei. Peter, der bei Aprils Niesattacken in Deckung gegangen war, folgte ihr.

„Eine Tierschützerin mit einer Tierallergie", scherzte er vor dem Zelt.

„Haha", keuchte April. „Gegen Tierhaare bitte, nicht gegen die Tiere selbst."

„Geht es wieder?"

„Wird schon. Ich hätte nur nicht länger im Zelt bleiben dürfen."

Nachdem April sich wieder gefangen hatte, beschlossen beide, ein Stück über das Gelände zu gehen. Die Sonne war bereits hinter dem Horizont verschwunden. Ohne die Lampen und Lichterketten rund um den verwaisten Vorplatz würde das Gelände im Dunkeln liegen.

„Hast du das eben auch gehört?", fragte April.

„Was soll ich gehört haben? Ich höre nur den Lärm, der aus dem Zelt kommt."

„Na, von da hinten." April blickte zu den Trailern, die außerhalb des beleuchteten Areals standen.

„Ich sehe nichts."

„Witzbold." Ohne ein Anzeichen von Angst ging sie dem Geräusch nach.

Peter wäre lieber wieder in das Zelt gegangen, um sich den Rest der Show anzusehen, aber er wollte gegenüber April nicht als Angsthase dastehen. „Du hast dich bestimmt verhört", versuchte er sie umzustimmen.

„Willst du kneifen?", neckte sie ihn.

„Ich meine ja nur."

April drückte sich an einen Trailer. „Da ist jemand", flüsterte sie. Sie erkannte die Umrisse einer Gestalt, aber es war zu dunkel, um mehr zu erkennen.

Peter blieb hinter April stehen. „Ich sehe nichts."

„Da macht sich jemand an den Käfigen zu schaffen."

Plötzlich zwickte etwas in Peters linken Bein.

„AUUHH!", schrie er und trat dabei reflexartig nach hinten. Dann drehte er sich dem Übeltäter zu und erblickte einen Vogelstrauß, der aufgeschreckt davonrannte.

Und auch der Schatten, der sich am Trailer zu schaffen gemacht hatte, war hellhörig geworden und hopste davon.

Ist das etwa …? Während des kurzen Augenkontakts mit dem Unbekannten bekam April eine intuitive Eingebung. Um ihre Vermutung zu bestätigen, folgte sie dem Verdächtigen. Peter lief, ohne zu hinterfragen, hinterher. Aufgrund seiner schlechten Kondition musste er aber nach wenigen Schritten Geschwindigkeit herausnehmen.

„Mr. Muller?!", rief April.

„Ich bin nicht Mr. Muller", sagte die verdächtige Person mit japsender Stimme und begann einen Fehler. Sich kurz zu den Verfolgern umdrehend, übersah sie eine Kiste vor sich, stolperte und knallte mit den Knien auf den Betonboden, der den Baseballfans normalerweise als Parkplatz diente. Die Person stöhnte auf. „Nein, ich bin nicht Mr. Muller, nein, nein."

Doch der gewaltige Riechkolben verriet ihn. Es war definitiv der Zinken des Plakattheoretikers. Das wusste April bereits, bevor sie ihn eingeholt hatte und zu ihm herabschaute. Peter kam schnaufend hinzu und packte ihn. Aber bevor sie ihn ausquetschen konnten, wurden alle drei von einem tiefen Fauchen unterbrochen.

In dieser Schrecksekunde ergriff Mr. Muller erneut die Flucht. Aufgrund seiner Tollpatschigkeit übersah er dieses Mal einen Stand mit Leckereien. Er fiel zu Boden und besudelte sich mit Karamell und Zuckerwatte. Es klebte an ihm wie Pech und Schwefel. Er rannte weiter und verschwand – dank einer Holzkiste, die ihm als Hilfsstufe diente – über die Sichtschutzwand, die Außenstehende vom Zirkus fernhielt.

Peter und April ließen ihn gehen, denn sie hatten jetzt ganz andere Probleme. Sämtliche Tiere waren freigelassen worden. Vermutlich hatte Mr. Muller nicht allein gehandelt.

Unter den herumlaufenden Vierbeinern befanden sich auch zwei Tiger, die auf die beiden jungen Tierschützer zugingen.

Spannung liegt in der Luft

Die unsichtbare Substanz entfaltete sich im Zirkuszelt, und die Zuschauer unterlagen einem Lachflash. Ein Wunder, dass es überhaupt wirkte, konsumierten die verpeilten Drogenjunkies über den Tag hinweg doch so einiges. Doch der pfiffige Zirkusdirektor wusste, dass dies nur eine Frage der richtigen Dosierung war. Bis jetzt hatte er jedes Publikum in Trance setzen können. Die Menschen waren empfindliche Wesen, die ohne ihre Erfindungen und technischen Errungenschaften nichts weiter waren als Pusteblumen im Wind. Von den Zuschauerrängen starrten nun dämonische Gesichter auf ihn herab, als er seinen heutigen VIP ankündigte, und Marta Morosow sodann durch den Artisteneingang schritt. Sie wurde in der Manege wie ein zelebrierter Star empfangen. Besonders die männlichen Gäste fuhren voll auf sie ab. Marta zeigte das emotionslose Gesicht eines Laufstegmodels. Äußerlich wunderhübsch, im Innersten dunkel und kalt. Ohne einen Funken Empathie betrachtete sie die Mitmenschen als Handlager, die zur Erfüllung ihres Schicksals dienten: ihr Dasein als Supermodel.

„Mögen Sie Katzen, meine Teure?", versuchte der Zirkusdirektor einen Small Talk zu entfachen. Das Supermodel, welches noch keines war, sich aber so verhielt, verzog das Gesicht. Ihr Ekel erheiterte den Direktor. „Das habe ich mir gedacht. Eine solch großartige Frau wie Sie spielt in einer anderen Liga. Daher habe ich mir etwas einfallen lassen, was Ihrer Person und … wahren Größe entspricht."

(Trommelwirbel, und das Publikum grölt)

Tiger

Wie verhält man sich, wenn man einem Tiger begegnet? Peter erinnerte sich an eine Sendereihe, in der verschiedene Situationen um Leben und Tod präsentiert wurden, und nur eine der angebotenen Lösungen die Richtige war.

Fakt war, dass ausgewachsene Tiger selten auf Bäume kletterten. Doch abgesehen davon, dass auf dem Stadionparkplatz nur wenige Bäume standen, auf denen die beiden Tierschützer klettern konnten, so war es allein Peter, der wegen seines mangelnden Fitnesszustands und aufgrund seines Gewichts es nicht einmal auf den untersten Ast eines Baumes schaffen würde.

Einen langen Gegenstand, um die Tiger zu erschrecken und auf Abstand zu halten, oder eine Handwaffe, um abzufeuern, hatten sie auch nicht zur Hand.

Peter wusste noch, dass man einem Tiger nicht direkt in die Augen schauen sollte. Und man sollte sich nicht mit dem Rücken zu ihm wenden. Am besten den Oberkörper selbstbewusst aufrichten, leise sein und vorsichtig rückwärtsgehen. Mit etwas Glück konnte man so eine Distanz zwischen sich und der Raubkatze aufbauen. Doch jeder Ratschlag war vergeblich, wenn die beiden Tiger sich im Angriffsmodus befanden und die beiden rückwärtsgehenden Tierschützer verfolgten.

„Hoffentlich haben die keinen Hunger", sagte Peter.

„Darüber kann ich jetzt überhaupt nicht lachen."

„WAAAS?!", schrie Peter.

Marta in Action

Während des Trommelwirbels blickten Ron Simon, Marta Morosow und das Publikum gespannt auf den regenbogenfarbenen Artisteneingang. Und je länger der Trommelwirbel andauerte, und je länger nichts geschah, umso mehr wurde dem Zirkusdirektor bewusst – und nicht nur ihm –, dass das nicht im Drehbuch stand. Er gab dem Orchester das Handzeichen, mit dem Trommelwirbel aufzuhören.

„Das war wohl nichts", scherzte er und runzelte die Stirn. „Eigentlich sollte jetzt etwas passieren."

Der Schlagzeuger schlug zur Untermalung einmal auf die Hi-Hat, und die Bewohner von Skid Row kreischten, lachten und schrien *Uuuhhh-Uuuhh*. Sie trampelten mit ihren Füßen auf den Boden. Nur Marta wirkte genervt. Ihr war bewusst, dass ihr heutiger Auftritt einen Karriereschub bedeutete, aber die Zeit war ihr zu wertvoll. Solche Verzögerungen gingen ihr mächtig auf den Geist. Und dann dieser nervige Staub, der durch die Luft wirbelte und sich auf ihre Haut und ihr knappes Kleid legte; sie war sowas von froh, sich für die sexy Stiefel entschieden zu haben. Die Sorge, ihre zarten Füßchen könnten verletzt werden, war dann doch zu groß. Aber die Schuhe später wieder vom Sägemehl zu befreien, ach, ja.

Auf Zehenspitzen hüpfend und mit der einen oder anderen Ballerina-Umdrehung näherte sich Ron Simon dem Artisteneingang und steckte seinen Kopf hinter den zugezogenen Vorhang, damit niemand von den Zuschauern einen Blick hinter die Kulissen erspähen konnte. Auch Marta Morosow nicht.

„Uuhuu, wo seid Ihr denn?", hörte man ihn laut rufen.

(Gelächter)

Was nun?

Nachdem Peter „WAAAS?!" geschrien hatte, dachte er nun erleichtert: *Gott sei Dank!* In der Rückwärtsbewegung war er gegen eine Stange gestoßen, die zur Eingangskonstruktion des Zeltes gehörte.

„April!", flüsterte er. *„Rein ins Zelt!"*

April schüttelte den Kopf. Sie hielt dies für keine gute Idee. Die Tiger würden ihnen folgen. Dann wären auch die Zuschauer im Zelt in Gefahr. Zwar stammte das Publikum aus dem nicht gern gesehenen Stadtteil Skid Row, aber es waren Menschen. Es musste also eine andere Lösung geben.

Aber zu spät. Peter hatte bereits nach ihr gegriffen und zog sie ins Zelt.

Im Zirkuszelt

Die Bewohner aus Skid Row jubelten und grölten. Ron Simon steckte mit seinem Kopf immer noch hinter dem zugezogenen Vorhang. „Huhu, wo seid ihr?"

Niemand bekam mit, wie Peter und April langsam in das Zelt traten. Sie versteckten sich unter der Tribüne der letzten, obersten Zuschauerreihe, direkt am Eingang.

Beim Anblick der dämonenhaften Fratzen auf den Zuschauerrängen erschrak April. Da die beiden Tierschützer sich während der seltsamen Fratzenverwandlung außerhalb des Zeltes aufgehalten hatten, war ihnen diese Prozedur erspart geblieben.

Was geht hier vor sich?, dachte sie und suchte den Blickkontakt zu Peter, um seine Reaktion auf das gegenwärtige Ereignis zu deuten. Doch dieser hatte nur Augen für die Tiger, die von ihnen abließen. Die Tiere wurden von dem Trubel, dem Lärm und den Lichtern abgelenkt. Sie fauchten und brüllten und wandten sich der Manege zu, in der Marta Morosow genervt auf ihre Armbanduhr blickte.

Wie Vögel auf Bäumen, die beim Heranpirschen eines Raubtieres wild zwitschern und damit andere Tiere warnen, so fingen auch die Menschen aus Skid Row an, zu schreien.

TIGER! TIGER!

Der Zirkusdirektor holte seinen Kopf hinter dem Vorhang hervor und sah die beiden Raubkatzen in der Manege stehen. „Dachte, die Tiger kämen durch den Artisteneingang herein", sagte er gelassen. „Nun gut, dann fehlt nur noch die Dompteurin."

„Ich bin etwas nervös", sagte Marta.

„Oh, keine Sorge", sagte Ron Simon, der zum Supermodel aus Europa Abstand hielt. „Die Tiger haben gerade erst gefressen. Einen Ex-Mitarbeiter von mir, für den ich keine Abfindung zahlen wollte. Sie müssen also keine Angst haben", scherzte er. Dann setzte einer der Tiger zum Sprung an. Marta Morosow musste sich von nun an keine Sorgen mehr um den Staub auf ihrer Haut, ihren sexy Stiefeln und ihrem knappen Kleid machen.

Alles hat ein Ende

Martas Tod stand kurz bevor. Der Schmerz und das herum-
spritzende Blut (ihr eigenes wohlgemerkt) waren nur die
Vorboten. Sie sah, wie ihre Gliedmaßen durch die Luft flogen und anschließend in den Mäulern der Tiger zermalmt
und verschlungen wurden. Am Ende blieben vom Supermodel nur die Knochen und die ungenießbaren Körperteile
übrig.

„Oh, meine Katzen haben wohl doch noch Hunger",
scherzte der Zirkusdirektor, und das Publikum belohnte
ihn für seinen Witz mit Applaus, Gelächter und Gekreische.
Aber auch deren Schicksale waren bereits besiegelt. In ihren
Mündern und Wangenknochen wohnte die pure Freude,
sie lachten und grinsten. In ihren aufgerissenen Augen jedoch tobte die nackte Angst.

Normalerweise waren es die Zombies, die Menschen und
Tiere jagten. Doch heute Abend zeigte die Nahrungskette in
die andere Richtung. Heute standen die Zombies aus Skid
Row auf dem Speiseplan. Von überall her stürmten die
Tiere das Zelt, sie sprangen über die Manegenkästen hinweg und attackierten die Zuschauer. Die Pferde und Zebras
trampelten alles unter sich nieder. Die Nashörner nahmen
jeden aufs Horn, der ihnen in die Quere kam. Die Nilpferde
katapultierten die Zuschauer mit ihren gewaltigen Hauern
durch die Luft. Die Pinguine zwickten und rupften die
Gäste mit ihren Schnäbeln. Die Frettchen bissen in die Finger und Fersen, oder in den Nacken. Und die Paviane und
Schimpansen verwandelten die Gesichter der Zuschauer in

eine undefinierbare Masse aus Fleisch, Knochen und Blut.

Peter und April verharrten weiterhin unter der Tribüne, wo sie vor möglichen Tierangriffen sicher waren. Sie mussten mit ansehen, wie die Bewohner aus Skid Row manisch lachend um ihr Leben fürchteten oder im Sterben lagen. Niemand von ihnen sollte das Schlachtfeld lebend verlassen.

Der Zirkusdirektor stand in der Manege und zupfte vergnügt an seinem Bart. Was für ein Spaß. Dass die Show diese Wendung nahm, störte ihn nicht. Nicht im Geringsten. Er nahm die Dinge, wie sie kamen. Nur der Verlust des Supermodels aus Europa stimmte ihn traurig. An Marta hätte er zu gern selbst geknabbert. Aber nun ja.

Irgendwann ließen immer mehr Tiere von ihren Opfern ab. Sie wollten raus, raus in die gewonnene Freiheit. Während die Kalifornischen Seelöwen einen privaten Swimmingpool auf der Rückseite eines Hauses unweit vom Stadionparkplatz als neues Territorium absteckten, streiften andere Tiere durch das Nachtleben der Millionenmetropole. Die Partygänger von L.A. schreckten auf und schrien, sodass die Paviane nervös wurden und die Fußgänger angriffen. Die Schimpansen kletterten auf Bäume, flohen über Gebäudedächer oder rannten in die Clubs und Pubs hinein, wo sie für weiteres Chaos sorgten. Die Elefanten zerstörten auf der Flucht parkende Autos, Verkehrsampeln und Straßenlaternen. Im Beverly Center – ein großes Einkaufszentrum – lief ein Löwe umher, der bei all den schreienden Kunden sich nicht entscheiden konnte, wenn er zuerst reißen sollte. Ganz durcheinander, griff er alles an, was er zu fassen bekam. Auch die zwei Security-Kräfte, die sich dem Löwen stellten, büßten ihren Einsatz mit dem Leben.

Selbst die freilebenden Vögel ließen sich von der Panik und dem Chaos verleiten. In Downtown pickten die Tauben und Raben wahllos auf die Menschen ein. Am Santa Monica Pier stürzten sich die Möwen auf die Fressalien der Strandbesucher, oder attackierten die Fahrgäste, die in den Gondeln des Riesenrads saßen; oder auf den Holzpferden des historischen Karussells. Es glich einer Neuauflage des Klassikers *Die Vögel*. Diesmal jedoch in Los Angeles, und nicht in Bodega Bay.

Die zuständigen Behörden von Los Angeles City und Los Angeles County hatten alle Hände voll zu tun. Die ganze Nacht hindurch, und darüber hinaus, waren sie auf der Jagd. Die Kängurus, die im Griffith Park chillten, hatten sich den Jägern und Tierärzten am längsten widersetzt.

Die meisten Tiere wurden von Amts wegen beschlagnahmt und in die Obhut von Zoos und Farmen gegeben. Einige wenige wurden vor Ort erschossen, weil sie Passanten und Polizisten attackiert hatten; unter anderem auch der Löwe aus dem Beverly Center. Andere wurden eingeschläfert, weil die in Frage kommenden Institutionen nicht über genügend finanzielle Mittel, Futter und Platz verfügten, um die Tiere aufzunehmen.

Nur die Kleintiere, wie die Frettchen etwa, fand man nie wieder. Sie behielten ihre Freiheit.

Ein Zwischenfall soll im Folgenden besonders hervorgehoben werden …

Mr. Mullers Rendezvous

Mr. Muller war in den dunklen Straßen von Los Angeles unterwegs. Stets auf der Hut, nicht entdeckt zu werden.

Es war nach Mitternacht. Die Wahrscheinlichkeit, zu dieser späten Stunde einen Obdachlosen mit einem Einkaufswagen anzutreffen, oder einem bewaffneten Gangster über den Weg zu laufen, war sehr hoch. Ebenso, dass ihn eine Nutte nach einer schnellen Nummer fragt. Aber es trat das ein, was am wenigsten zu erwarten war, er begegnete dem Tier, welches er wenige Minuten zuvor aus dem vergitterten Zirkuswagen befreit hatte.

Normalerweise waren Vogelsträuße scheu, aber der Althippie, der auf der Flucht vor Peter und April in einen Süßwarenstand hineingerannt war, roch so unwiderstehlich nach Karamell, Popcorn und anderem süßen Zeug, dass der besagte Vogelstrauß vor Neugier platzte und stehen blieb.

Hätte Mr. Muller bloß die Sendung geschaut, in der man lernte, in welchen gefährlichen Situationen welche Entscheidungen zu treffen waren. Peter konnte mit diesem Wissen bei den Tigern punkten. Mr. Muller jedoch kannte diese Sendung nicht, und er war allgemein nicht sehr geschickt und geduldig.

Eine Waffe, um den Vogel zu erschießen, hatte er nicht. Und einen langen Gegenstand, wie etwa einen Besenstiel, um den Vogel auf Abstand zu halten, hatte er auch nicht zur Hand. Stattdessen begann Mr. Muller den ersten Fehler. Er rannte davon. Er war schon in der Schule ein schlechter Läufer gewesen, und in seinem jetzigen Alter erst recht.

Doch selbst wenn er ein professioneller Sprinter oder Läufer gewesen wäre, so hätte er gegen den Vogelstrauß keine Chance. Der Vogel konnte dank seiner muskulösen Oberschenkel bis zu siebzig Stundenkilometer in der Stunde rennen; und das trotz seines Gewichts von über einhundertfünfzig Kilogramm.

Der Plakattheoretiker kam leider nicht auf die Idee, dass der Vogel nicht fliegen konnte, sodass ein Sprung auf einen Lieferwagen, auf einen Baum oder über eine Mauer ausgereicht hätte, um das Tier abzuhängen. Stattdessen rannte er die Straße hinunter, bis ihn ein gewaltiger Tritt in den Rücken zu Fall brachte.

Dann begann er den zweiten Fehler. Wäre er bloß auf dem Bauch liegen geblieben. Hätte er sich einfach nur totgestellt. Der Vogel hätte vielleicht an ihm geknabbert und festgestellt, dass das wunderbare Geruchskostüm aus Karamell und Popcorn nichts weiter war als ein Stück vergammeltes Fleisch. Eine Mogelpackung sozusagen. Aus Desinteresse hätte das Tier vermutlich von ihm abgelassen.

Einfach nur auf dem Bauch liegen bleiben und sich totstellen, hätte die besagte Sendung ihm empfohlen, aber Mr. Muller, so ungeduldig wie er war, stand gleich wieder auf und wurde vom Vogel erneut zu Boden getreten.

Einfach nur auf dem Bauch liegen bleiben und sich totstellen.

Aber der Plakattheoretiker drehte sich auf den Rücken und sah die gewaltige Vogelkralle auf sich zukommen. Sie bohrte sich tief in seinen Brustkorb hinein und wühlte darin herum. Einige Gedärme verfingen sich dabei in der Kralle und wurden mit herausgezogen.

Mr. Muller sah am eigenen Leib, wie sich sein Brustkorb leerte. Leider war es zu dunkel, um zu erkennen, ob sein

Herz darunter war, aber es fühlte sich so an. Er hörte es nicht mehr schlagen.

Der Vogel verlor allmählich das Interesse und ließ von Mr. Muller ab. Beim Entschwinden in die Dunkelheit kam die Kralle ein letztes Mal auf den Plakattheoretiker zu und schlitzte dessen Gesicht auf. Natürlich aus Versehen.

Einfach nur auf dem Bauch liegen bleiben und sich totstellen.

Jetzt blieb Mr. Muller liegen, denn er war tot.

Wenig später wurde der Strauß durch die Polizei eingefangen.

Und nicht nur die Tiere spielten verrückt …

Nachtschicht

Es gab bessere Studentenjobs als den, den Kirk ausübte, aber dafür war der Job sicher und man musste nicht viel tun. Man musste nur darauf achten, dass niemand weglief. Als ob die das könnten. Obwohl … es sollen ja schon manche von den Toten auferstanden sein. Zum Glück nicht in Kirks Schichten.

Die Stadt Los Angeles brachte regelmäßig Tote hervor. Besonders nachts. Viele der Toten wurden zur Gerichtsmedizin gebracht, aufgeschnippelt und bis in die tiefsten Anatomieregionen untersucht, solange die Spuren noch frisch waren. Denn nach ein paar Wochen, Monaten oder Jahren im Erdreich gingen viele Beweise mit dem körperlichen Verfall einer verloren. Bei den Toten, die in den Ofen kamen, also kremiert wurden und als Asche endeten, war eine vorherige Leichenschau sogar Pflicht. Leichen waren nicht nur Opfer, sondern auch Augenzeugen. Sie waren am Tatort und hatten dem Täter möglicherweise in die Augen geblickt.

Aber all das interessierte Kirk nicht. Bei den meisten Morden ging es sowieso nur um Geld, Drogen, Straßenzüge oder Mädchen.

Wie armselig.

Die Kühlhallen der Gerichtsmedizin schienen für einige Menschen eine sexuelle Anziehungskraft zu besitzen. Kirk bekam Anfragen von Paaren, die es dort treiben wollten. Für das Aufschließen und fürs Wegschauen boten sie ihm einen monetären Obolus an; manche fragten ihn sogar, ob er mitmachen wolle. Selbst manche seiner Dates hegten diesen Wunsch. Was ihn wunderte, ging er doch davon aus, dass sein Job die Frauen eher abschreckte.

Aber Kirk war ein gewissenhafter Mitarbeiter und sein Job war ihm wichtig. Geregelte Zeiten, gutes Geld, und er konnte während der Arbeit an seinen Hausarbeiten schreiben und an seiner Schriftstellerkarriere basteln.

Überraschungen gab es selten. Jede Nachtschicht glich den Vorangegangenen. Nur die Namen der Toten wechselten. Und die wenigen Anrufer, die sich zu ihm verirrten, vertröstete er und bedauerte, keine Auskünfte zu Personen geben zu dürfen.

Doch seitdem der Zirkus in Los Angeles sein Zelt aufgeschlagen hatte, war alles anders. Alle Opfer, die nach einem Zwischenfall mit einem der Zirkusplakate zu Tode gekommen waren, landeten hier; in den Kühlräumen der Gerichtsmedizin.

Dies lockte wiederum die Reporter an. Seit Tagen kampierten sie mit ihren Übertragungswagen vor dem Gebäude der Gerichtsmedizin. Die Jagd nach Busenblitzern, Seitensprüngen, Suiziden und Ähnlichem in der Welt der Reichen und Schönen war in Los Angeles Alltag und brachte selbst die Toten nicht mehr unter den Sofas hervor. Aber dieser Zirkus stellte alles auf den Kopf, eckte überall an, stand für Skandale und gewann zugleich viele Unterstützer. Ambivalent und verrückt zugleich. Ein Millionengeschäft mit garantiert hohen Einschaltquoten für die Medien.

Es riefen bei Kirk so viele Reporter an, dass er mittlerweile nicht mehr ans Telefon ging. Die Mitarbeiter der Gerichtsmedizin mussten – wie einst Moses ähnlich – das Mikrofon- und Kamerameer teilen, um sich einen Weg in das

Gebäude zu verschaffen; oder um zum Parkplatz zu gelangen.

So auch Kirk. Anfangs hatte er noch höflich mit dem Kopf geschüttelt und sich stumm durch das Blitzlichtgewitter und der Sturmflut an Fragen geschlängelt, doch jetzt zeigte er ihnen nur noch die kalte Schulter. Für ihn war Ron Simon ein Entertainer, der jede Art von Publicity für seinen Zirkus vermarktete; auch diesen Plakattheoretiker-Mist. Der ganze Hokuspokus war ein Gehirngespenst der Menschen, die daran glauben wollten.

Eigentlich Nährboden für ein gutes Buch, dachte Kirk. Vielleicht würde er eines Tages einen Thriller darüber schreiben.

Dennoch hatte er das Gebäude der Gerichtsmedizin auf Zirkusplakate abgesucht. Man konnte ja nie wissen, ob der Plakattheorie doch etwas Wahrheit anhaftete. Der ganze Spuk würde erst enden, wenn der Zirkus die nächste Stadt aufsuchte, da war Kirk sich sicher.

Heute Abend zumindest schien alles friedlich. Kaum neue Leichen. Wahrscheinlich hatten die harten Jungs von der Straße beschlossen, in ihren Häusern und Wohnungen zu bleiben, in ihren Hoods. Nicht, dass man während eines Vergeltungsschlags in einem befeindeten Gebiet auf seltsamer Art und Weise abkratzt, nur, weil dort zufällig ein Zirkusplakat hängt.

Kirk musste bei diesem Gedanken schmunzeln, doch dann schreckte er hoch. Er kannte alle Geräusche, die in seinem Büro, auf den Fluren und in den Kühlräumen zu hören waren, aber das eben Gehörte klang anders.

Kam das aus einem der Kühlräume?

Er zögerte.

Schon wieder! Vielleicht irgendetwas Technisches, wofür der Hausmeister zuständig ist?

Kirks Hintern rutschte auf dem Stuhl hin und her. Sollte er nachsehen oder lieber nicht? Nein, er war kein Weichei. Was sollte denn schon passieren? Außer ihm und den gefrosteten Toten in den Kühlschränken befand sich niemand sonst hier unten.

Das Geräusch kam erneut.

Was ist da hinten bloß los?

Kirk konnte nicht weghören, und er konnte es nicht ignorieren. Er rollte mit dem Schreibtischstuhl halb auf den Flur und streckte seinen Kopf in die Richtung, aus der der wiederkehrende Laut herüberschallte.

Eine verdammt gutaussehende Frau mit einem ordentlichen Vorbau erschien vor ihm.

„Na, Kirk? Hast du Lust?", sagte sie und zwinkerte ihm zu. Während sie sich wieder von ihm entfernte, machte sie ihm mit einer Fingergeste klar, ihr zu folgen. Ihr reizender Rücken verschwand schließlich in einem der Kühlräume.

Träume ich?, fragte er sich. Wie konnte solch eine scharfe Braut Lust haben, mit ihm im Kühlraum Sex zu haben? Und woher kannte sie seinen Namen?

Unsichtbare Kräfte, eigentlich seine innere Neugier, ließen ihn mit dem Schreibtischstuhl ein Stück weiter den Flur hinunterrollen, dann aus diesem aufstehen und den Kühlraum betreten, wo die heiße Lady auf ihn wartete, so seine Hoffnung, doch sie war verschwunden. Stattdessen wandelte dort Thomas' Leiche umher, der auf der Rückseite des Observatoriums in den Tod gesprungen war. Auch Laura, die in der Bahnstation auf die Schienen gesprungen und von einer einfahrenden Metro überrollt worden war, war wieder *lebendig*. Ebenso Rebecca, die auf der Flucht vor einem unsichtbaren Gorilla in den Kühlergrill eines Busses gerannt war, und Mathias, der vor der Anakonda fliehend vom Dach des Freiluftkinos sprang. Der kleine Lukas stand zusammen mit seinen Eltern und seinen beiden Schwestern Linda und Fonda um einen Induziertisch herum. Sie alle waren von ihren Unfällen gezeichnet.

Sie drehten ihre Köpfe zu Kirk, der sich von den Gestalten sodann entfernte. Erst langsam, dann immer schneller, je weiter er den Flur hinunterschritt. Beim Verlassen des Gebäudes durchbohrte er die Reporterbelagerung wie ein Speer. Auf der Flucht mit dem Auto missachtete er sämtliche Tempolimits und Haltesignale.

Wie ist das nur möglich?, dachte er.

Was er nicht wusste: In einem Spint der Wachleute hing ein Zirkusplakat. Eins, auf dem die reizende Shauna wirklich scharf aussah.

Was bleibt ...

Ron Simon hatte das nicht kommen sehen. Okay, schon, aber nicht so. Der Mensch ist eben unberechenbar, fernab jeder Vernunft. Da helfen weder der Glaube an Gott, noch der Fortschritt der Zivilisation. Der Mensch ist und bleibt ein Primat in einem Anzug. Das *ES* ist stärker als das *Über-Ich*. Und gemäß dem Lucifer Effect von Philip G. Zimbardo steckt in jedem Menschen der Teufel. Bei manchen bricht dieser nie aus, oder erscheint der Effekt nur in den kleinen Dingen des Alltags, wie etwa bei Notlügen oder bei Missachtung des roten Haltesignals an einer Ampel. Bei anderen Menschen ist der Lucifer Effect jedoch so dominant, dass sie weggesperrt werden müssen, da sie für die Gesellschaft eine Gefahr darstellen. Aber eines wurzelt in jedem Menschen: die Suche nach einem Sündenbock. Es muss nicht immer gleich der Verursacher sein. Ist kein Verursacher beziehungsweise Täter zu ermitteln, sucht man sich eben jemanden aus, auf den man seinen Frust und sein Ohnmachtsgefühl entladen kann. Hauptsache, irgendjemand büßt für irgendwas. Juristisches Verfahren hin oder her.

Nach dem gestrigen Abend, an dem die aus dem Zirkus geflohenen Tiere einen erheblichen Schaden angerichtet und Menschen angegriffen hatten, bedurfte es ebenfalls einen Sündenbock. Der Überbringer war, wie konnte es anders sein, Officer Jones. Schweigend und die Augen hinter seiner Sonnenbrille versteckt, hielt er dem Zirkusdirektor die Vorladung vors Gesicht.

„Hallo, Officer! So sieht man sich wieder!", sagte der Zirkusdirektor, nahm die Vorladung grinsend entgegen und las sich diese durch. Er habe zum genannten Gerichtstermin zu erscheinen, andernfalls drohe ihm Gefängnis.

„Ist das Ihr Ernst, Officer?", fragte er. „Ich habe durch das Chaos gestern sämtliche Tiere verloren. Meine Existenz ist dahin. Und jetzt wollen Sie mich dafür belangen?"

„Ich mache nur meinen Job", sagte Officer Jones kühl. „Und wenn Sie unserer gestrigen Bitte nachgekommen wären und die Stadt verlassen hätten, dann würden wir jetzt hier nicht stehen und uns über den Scherbenhaufen unterhalten."

„Ich bin doch nicht dafür verantwortlich, wenn irgendjemand meine Tiere freilässt. Das war Sabotage. Vermutlich jemand von den Demonstranten. Sie wissen schon, jemand von diesen Tierschützern oder Plakattheoretikern."

„Was ist los?", fragte April. Peter und sie hatten beschlossen, am Tag nach dem Vorfall das Chaos auf dem Zirkusgelände zu erkunden, und gesellten sich dazu.

Ron Simon hielt einen Moment an sich, klopfte mit dem Stock mehrere Male auf den Boden. Die Glaskugel am oberen Ende war randgefüllt mit der weißen Energie, die wie feiner Sternenstaub aussah.

„Nun", sagte er schließlich, „ich werde dafür verantwortlich gemacht, dass die Tiere ausgebrochen sind und für einen erheblichen Sach- und Personenschaden gesorgt haben; und für einige Todesfälle."

„Das war Mr. Muller", sagte April. „Wir haben ihn gestern dabei erwischt, wie er sich an einem Tierwagen zu schaffen machte. Als er uns bemerkte, ist er über die Sichtschutzwand geflohen. Dort drüben war das."

April zeigte auf die Stelle, an der die Sichtschutzwand

gestern Abend noch gestanden hatte, bevor diese von einem Nashorn umgerannt worden war.

„Sehen Sie, Officer, wie ich Ihnen bereits sagte."

Officer Jones schien das nicht zu interessieren. „Das können Sie gern dem Richter erzählen. Mr. Muller kann das nach gestern Nacht jedenfalls nicht mehr." Dann warf er einen Blick auf das zerstörte Zirkusgelände um sich herum. „Ach ja, und räumen Sie hier auf, bevor Sie die Stadt verlassen. Meine Arbeit ist getan."

Als Officer Jones sich vom Stadionparkplatz entfernte, wehte um die Nasen der beiden Tierschützer und die des Zirkusdirektors ein leichter Wind.

„Was werden Sie jetzt machen?", fragte Peter.

„Ich werde weiterziehen."

„Ohne Tiere? Und mit einem demolierten Zirkusinventar?", fragte April.

„Mein Zirkus ist Geschichte. Es gibt keinen Platz mehr für ihn. Die Leute brauchen ihn nicht mehr. Der Zirkus ist tot."

„Es gibt doch auch Zirkusse ohne Tiere", sagte April.

„Das sind keine Zirkusse, sondern Varietés. Und diese haben nichts mehr mit dem Wanderzirkus zu tun. Der Zirkus war zu seinen Anfängen eine Sensation. Die bunte Welt der Manege, in der die Artisten atemberaubende und riskante Kunststücke vollführten, und die Tiere ihre Dressuren zeigten. Und dann die intensiven Gerüche: Popcorn, Karamell, Sägemehl, Tierfutter und Kot. Damals gab es nicht viele Attraktionen, die mit dem Zirkus konkurrierten. Wanderzirkusse waren gefeierte Events. Mit dem heutigen Internet und den medialen Angeboten aber, wird das immer schwieriger. Zudem wachsen die Proteste gegen die Tierhaltung in Zirkussen. Aber ein Zirkus ohne Tiere stirbt.

Niemand will einen Zirkus ohne Tiere sehen. Das ist Fakt."

„Und Ihre Crew?", fragte April.

„Ohne Zirkus keine Crew. Ich habe sie alle nach Hause geschickt", sagte Mr. Simon, zeigte auf seinen Zylinder und lächelte; was bei den jungen Tierschützern kurzweilig für Verwirrung sorgte.

Ein Van mit dem Logo der Morning Show, die Peter und April regelmäßig schauten, fuhr auf den Parkplatz und näherte sich dem Trio. Als dieser stoppte, öffnete sich die Schiebetür. Larry Birmingham und sein Kameramann stiegen aus.

„Mr. Simon, Mr. Simon, stehen Sie uns für ein Interview zur Verfügung?"

Mr. Simon legte beim Anblick des Reportes sein Zahnpastalächeln auf. „Guten Morgen, Larry, wie geht es Ihnen?"

Larry Birmingham erwiderte ihm nicht, sondern sprach mehr zu sich selbst: „Okay, vielleicht schaffen wir es noch in die aktuelle Livesendung. Danach ist Feierabend für heute." Er hatte ausgeprägte Augenringe und müde Wangenknochen. Er schien die ganze Nacht hindurch im Einsatz gewesen zu sein. Immer auf der Jagd nach den neuesten Informationen und Ereignissen rund um den Zirkus. Er gab dem Techniker, der im Van vor einem Mischpult mit Monitoren saß, ein Zeichen und stöpselte sich einen technischen Knopf ins Ohr, über den er die Sekunden bis zur Liveschaltung heruntergezählt bekam. Dann brachte er sein Mikrofon in Position. Der Kameramann schulterte die Kamera.

„Hallo, Lucy, hallo, Steve, ich befinde mich hier auf dem Parkplatz der L.A. Dodgers, auf dem der Zirkus von Mr. Simon gastiert und dessen Zirkusplakate mit mysteriösen

Todesfällen in Verbindung gebracht werden. Nun geriet die gestrige Show außer Kontrolle. Sämtliche Tiere des Zirkus waren entkommen und haben für einen erheblichen Schaden gesorgt. Es gibt sogar Todesopfer. Unter ihnen der Anführer der Plakattheoretiker, Mr. Muller. Wir haben letzte Nacht darüber berichtet. Wir konnten den Zirkusdirektor, Mr. Ron Simon, für ein spontanes Interview gewinnen. Guten Morgen, Mr. Simon."

„Guten Morgen, Los Angeles, guten Morgen, Larry."

Der Zirkusdirektor wirkte gelassen. Keine Spur von Reue oder Betroffenheit. Als ob er in seiner Manege stünde und sorgenfreie Laune verbreiten wolle.

„Mr. Simon, dass die Zirkusplakate Ihrer Crew als Portale dienen, um Menschen zu töten, klingt kurios und lässt sich wissenschaftlich nicht beweisen, aber die Ereignisse letzte Nacht können Sie nicht leugnen."

„Ich möchte mich bei den Hinterbliebenen der Opfer und bei den Bewohnern der Stadt Los Angeles entschuldigen", erwiderte Mr. Simon, wechselte in den Schweigemodus und blickte abwechselnd zum Reporter und in die Kamera.

„Mehr möchten Sie nicht dazu sagen?", fragte der Reporter.

Mr. Simon schaute verdutzt, ging näher an Larrys Mikrofon heran, sagte „Sorry" und grinste in die Kamera.

„Machen Sie sich über die letzten Ereignisse lustig?"

„Nein, ich mache mich nicht darüber lustig. Aber was soll ich sagen? Ich habe meine Tiere nicht freigelassen, sondern die Tierschützer und Plakattheoretiker. Die müssen Sie befragen. Ich würde nie im Leben meinen Zirkus aufs Spiel setzen; oder Tiere und Menschen gefährden."

„Aber Sie hätten es verhindern können. Sie haben die

amtliche Aufforderung bekommen, die Stadt zu verlassen. Dennoch sind Sie geblieben", legte der Reporter nach.

Mr. Simon hielt sein Zahnpastalächeln bei. „Larry, was mich wundert, ist, dass die Menschen für den Tier- und Umweltschutz, für die Menschen in Afrika oder für die Tsunamiopfer Geld spenden; oder sich für diese sozial engagieren. Aber was ist mit den Menschen in Skid Row? Warum passiert da nichts? Ich meine, seit Jahrzenten kriechen die verlorenen Seelen über den Asphalt, werden ermordet, vergewaltigt und mutieren zu stupiden Monstern. Was ist mit denen? Meine Intention am gestrigen Abend war es, den Menschen aus Skid Row einen unvergesslichen Abend zu schenken, an dem sie sich wie ein Bestandteil unserer Gesellschaft fühlen. Zudem wollte ich die Stadt auf diese Menschengruppe aufmerksam machen. Was mir anfangs auch gelungen ist, aber den egoistischen Tierschützern und Plakattheoretikern ist das genauso egal wie der Gesellschaft allgemein."

„Sie sehen sich als Opfer?", fragte Larry Birmingham mit einem skeptischen Blick.

„Wir sind alle Opfer, Larry. Sie, ich und all die Menschen und Tiere, die gestern ihr Leben gelassen haben. Und eins ist sicher, heute ist mein Zirkus das Thema in der Stadt. Das war er in den ganzen vergangenen Tagen. Aber schon bald wird all das hier vergessen sein. Der Zirkus wird nur noch ein Echo seiner selbst sein." Er zeigte auf die Trümmer des Zirkus. „Es wird Gras darüber wachsen. Die Gesellschaft wird sich anderen Skandalen und Intrigen widmen."

„Was haben Sie jetzt vor?", fragte Mr. Birmingham, der von der Regie die Info bekam, dass sich das Zeitfenster der Liveschaltung schloss.

„Vorerst habe ich alles, was ich brauche", sagte der Zirkusdirektor und zeigte auf den Stock mit der Glaskugel am oberen Ende, randgefüllt mit der weißen Energie. „Aber ich werde mich wieder neu erfinden. Das habe ich all die Jahrhunderte gemacht: die olympischen Spiele bei den Griechen, die blutigen Veranstaltungen im Kolosseum zur Belustigung der Römer, die Hexenverbrennungen im Mittelalter und in der Frühen Neuzeit oder der noch anhaltende Exorzismus. Wissen Sie, die historischen Errungenschaften des zwanzigsten Jahrhunderts, wie etwa die Menschenrechte oder der Tier- und Umweltschutz, werden Anfang des zweiundzwanzigsten Jahrhunderts aus den Köpfen der Menschen verschwinden, die dann auf dem Mars leben und all diese Errungenschaften über Bord werfen und … Ich denke, ich habe schon zu viel gesagt."

Dem Reporter fiel die Kinnlade runter, und die beiden jungen Tierschützer schauten sich irritiert an. Sie hatten sich bereits über den streng riechenden Atem des Zirkusdirektors gewundert. War er nun der Teufel in Person oder waren Bakterien und Keime Auslöser für seinen schwefelartigen Mundgeruch?

„Ich sehe jünger aus, als ich in Wahrheit bin", scherzte der Zirkusdirektor und zwinkerte. „Machen Sie sich um mich keine Sorgen. Wissen Sie, meine Stärke liegt im Entertainment und in der Freude, nicht im Abschied nehmen."

Er warf einen letzten Blick auf das, was bis zum gestrigen Abend noch sein Zirkus gewesen war, dann setzte er seinen ersten Schritt in Richtung neue Zukunft. Natürlich nicht, ohne sich vorher wie ein Gentleman bei den beiden jungen Menschen und dem Außenreporter zu verabschieden. Er hob seinen Zylinder und verbeugte sich höflich.

Der *Zirkusdirektor a.D.* verschwand wie der Lonesome Cowboy am Horizont und wurde nie mehr gesehen.

Der Zirkus war schnell vergessen, schließlich war Los Angeles eine ereignisgeplagte Großstadt. Ein paar Stunden später erfuhr man, dass eine Country-Sängerin nach einem Seitensprung schwanger war. Der Erzeuger: ein verheirateter Schauspieler. Und ein anderes Paar, das Traumpaar Hollywoods schlechthin, führte zunehmend einen Rosenkrieg, der rund um die Uhr über die Medien und den sozialen Netzwerken ausgetragen wurde. Zudem stand mal wieder eine Filmpremiere an, wo es – Überraschung, Überraschung – einen Busenblitzer gab, der von den lauernden Paparazzi eingefangen wurde. Man konnte sich daran offensichtlich nicht sattsehen. Ach ja, und ganz wichtig natürlich: Es stand das Baseball-Derby zwischen den Los Angeles Angels und den Los Angeles Dodgers an.

Von Ron Simons Zirkus sprach schon bald niemand mehr.

Ende

www.jantrouw.de